完璧御曹司はウブな許嫁《いいなずけ》を愛してやまない

プロローグ　王子様と出会ったなら

物語のような素敵な奇跡を体験したいのなら、その秘策は簡単なこと。

心震わす素敵な物語を読んだ時、ここに描かれていることが、自分にもきっと起こると信じることだよ。

それは、二藤愛理《にふじあいり》が幼い頃、物流大手ＮＦ運輸の社長を務める父の浩樹《ひろき》から、幾度も聞かされた言葉だ。

眠る前、幼い愛理に本の読み聞かせをする時、父はいつも必ずその言葉で締めくくった。

浩樹が自信を持ってその台詞《せりふ》を口にするのは、貧しい家に生まれながらも、起業して一代で巨万の財を成したという実体験からくるものなのかはわからない。

でも自分の今の生活が素敵な奇跡の積み重ねでできていると思っているからこそ、浩樹は愛娘《まなむすめ》の愛理にそう繰り返し語っていたのだろう。

そして、父の言葉を信じていた愛理は、椿原賢悠《つばきはらけんゆう》に会った時、それが自分の身に起こった奇跡だと信じて疑わなかった。

端整な顔立ちに、濡羽色《ぬればいろ》の髪、育ちの良さを感じさせる品のある身のこなし。彼の醸《かも》し出す雰囲気全てが、幾度となく読み聞かせてもらってきた物語の王子様そのものだった。

ただ、なにもかもが愛理の知る物語そのままというわけでない。

愛理が知る物語はどれも、完璧な王子様は、お姫様に永遠の愛を誓い結婚を申し込む。だけど、結婚の申し込みをされたのは賢悠の方だった。

五歳の愛理にとって、それは些細《ささい》な違いでしかない。だから八歳も年上の賢悠に、心を込めてプロポーズの言葉を口にした。

「私が結婚してあげる。だから、一生分の約束をして」

一生分の愛や幸せ――物語の世界から抜け出してきた王子様なら、幼い愛理がうまく言葉にできないそういったものを与えてくれる気がした。

そんな愛理の言葉に、賢悠は驚きで目を丸くした。

でも次の瞬間、優麗な笑みを浮かべて床に片膝をつき、小さな愛理の手を取って「わかった。約束する」と、プロポーズを受け入れてくれたのだった。

そうやってNF運輸社長の一人娘である二藤愛理は、医療機器メーカー椿《つばき》メディカルの御曹司である椿原賢悠の許嫁《いいなずけ》になった。

この時の愛理はまだ幼く、世間というものがわかっていなかった。

このプロポーズはちっともロマンチックではなかったし、歴史ある名家の椿原にとって、成り上がりと蔑《さげす》む二藤家の、しかも五歳の子供に「結婚してあげる」なんてプロポーズをされることが、どれほど屈辱的なことだったのか。

それから二十年、二十五歳の分別《ふんべつ》ある大人になった愛理は、理解している。あの日の二人の約束が、まごうかたなき政略結婚だったと――

1　画面の向こうの王子様

――よく考えたら、五歳の私って、かなり怖いもの知らずだったよね……

六月末、文具メーカー・カクミのオフィスで、他の社員と一緒にタブレットを眺める愛理は、苦笑いをする。

「いや～専務、完全に食われちゃってるな」

愛理の近くにいた男性社員も、苦笑いして自分の頬を擦る。

そんな彼に、愛理と仲のよい同僚である加賀春香《かがはるか》が「芸能人じゃないんだから、関係ないでしょ。専務にそういうの求めるの可哀想だし」と、ツッコミを入れ、周囲の笑いを誘う。

そして同意を求めるように、愛理に腕を絡めて微笑みかけた。春香が頭を動かすと、パーマをかけたショートボブの髪から薔薇《ばら》の香りが漂《ただよ》う。

愛理が曖昧《あいまい》に微笑むと、春香は視線を画面へと戻した。

その動きにつられて愛理も画面に視線を向ける。テレビ代わりにしているタブレット画面には、自社の専務を含めた四人の人の姿が映し出されていた。

小さなガラステーブルを挟んで左右に分かれて向かい合う四人の、右側に座る男女二人は軽妙な話術に定評があるタレントだ。そして左側に座る二人のうちの一人は愛理が勤めるカクミの専務で、もう一人は……

椿メディカル副社長、椿原賢悠。

次世代の若き指導者に問う――昼の情報番組で月一回組まれるコーナーのゲストとして、自社の専務と自分の許嫁《いいなずけ》が一緒に出るというのはなかなかない偶然だ。

だからつい、二十年前、彼にプロポーズした日のことを思い出したりしたのだろう。

そんなことを考えながら画面を観ていると、近くの男性社員がまた苦笑いを零した。

「そうは言っても、見ろよ。ナポミンだって、さっきからもう一人のゲストにメロメロだよ」

ナポミンとは、女性司会者のあだ名だ。

彼の言うとおり、確かにナポミンは瞳を輝かせて賢悠にばかり話を振っている。

平日昼のこの番組を見ることはあまりないが、アイドルグループ出身の彼女は、周囲の空気を読みながらバランスよく話題を広げる印象があるので、この番組だけこういうスタイルということはないだろう。

「あれだけのイケメン御曹司を前にしたら、誰だって舞い上がるよな」

愛理に腕を絡めたままの春香が画面を覗《のぞ》き込んで「極上の男って感じだよね」と、恍惚《こうこつ》の呟きを漏らす。

賢悠が体を動かす度、彼が好んで着用しているイギリス織りのスーツの光沢《こうたく》が絶妙な変化を見せる。

画面にアップで映し出される賢悠の顔は、シャープな顎《あご》のラインが美しく、高い鼻梁《びりょう》に薄い唇、一重《ひとえ》の切れ長の目がバランスよく配置されていた。

極上の男という表現がしっくりくる賢悠は、相手の話を聞き逃さないよう軽く首を傾け、目を細めているため、冷淡で切れ者といった印象を与える。それでいて、昼の番組で軽めの話題が多いからか、質問に答える前に、はにかむような優しい微笑みを添えるのだ。

きりりとした苦味と極上の甘さを兼ね備えている上に、世界シェアを拡大している医療機器メーカーの御曹司ときている。

画面越しにも色気が伝わってくる極上の男を前にして、普段から華やかな人たちに囲まれている女性司会者も、理性を保つのは難しいらしい。

愛理たちですら、自社の専務ではなく賢悠のことばかり話題にしている。

「まあ、話題的にも、小学生女子をターゲットに可愛く便利な文具で売り上げを伸ばしたウチの会社より、一度は経営が傾いた医療機器メーカーを数年で立て直した椿原さんの話の方がドラマ性もあるし」

年配の男性社員が、フロア内に溢《あふ》れる賢悠への羨望《せんぼう》と、専務への同情に満ちた空気をどうにかしようと口を開いたが、結局のところ、彼も専務に同情しているということだ。

「椿原さんは独身と伺《うかが》いましたが、さぞ女性にモテるんでしょうね」

経営方針などの話が終わったタイミングで、ナポミンが明るい口調で切り出した。

口調は冗談めかしているが、目の奥が笑っていない。

思わず顔を顰《しか》める愛理の視線の先で、賢悠は質問を楽しむように顎《あご》のラインを指でなぞり、しばし考えてから口を開いた。

「どうでしょう？　私の人生には関係のない話題ですから」

そんなことないでしょうとはしゃぐナポミンに、賢悠は肩をすくめる。そして長い脚を持て余すように組み替え、色気たっぷりに微笑んだのだ。

「私には許嫁《いいなずけ》がおりますので、他の女性を意識したことはないですね」

「婚約されているんですか？」

「ええ。二十年前に双方の両親が認めた女性がいます」

「……にじゅっ」

賢悠の言葉に、ナポミンはポカンと口を半開きにして、指折りなにかを数え始めた。おそらく当時の賢悠の年齢を確認しているのだろう。

そんな彼女の行動を見て、賢悠は人さし指を唇に添えて悪戯《いたずら》っぽい表情を見せた。

これは内緒の話とでも言いたげだが、生憎《あいにく》と彼の発言は全国ネットで放送されている。頭のいい賢悠がそのことを理解していないはずはないので、その仕草は彼流のジョークなのだろう。

茶目っ気たっぷりな賢悠の仕草に、愛理の腕にぶら下がる春香が甘い悲鳴を上げる。

「ねえ、聞いた？　婚約者じゃなくて許嫁《いいなずけ》だって。今時、許嫁《いいなずけ》ってあるんだね！　さすが由緒正しいお家柄だね。物語みたい」

「痛いっ、痛いっ」

春香が腕にぶら下がったまま跳ねるので、愛理は肩を押さえて抗議する。

跳ねるのをやめた彼女は、キラキラした目で愛理を見上げた。

「あんなハイスペックな王子様の許嫁《いいなずけ》なら、やっぱり由緒正しい家柄のご令嬢とかよね。きっと私たちみたいにあくせく働いたりしないで、お茶とかお花とかピアノとか、花嫁修業とかやって過ごしているんだよ」

それに対して愛理は「ハハッ」と、乾いた笑いを漏らす。

許嫁《いいなずけ》という浮き世離れしたワードに、春香は勝手な想像を膨らませているようだ。

そのご令嬢とやらに今ぶら下がってますよ。と、教えたらさぞや驚くことだろう。

ちなみにピアノは習っていたが、お茶とお花は最低限の基本知識があるだけだ。ついでに言えば、家は確かに裕福だが、由緒正しき家柄とはほど遠い。

そして大学在学中に就職活動をして、卒業と同時に社会人として働いている。何故そうしたかといえば、父を見て育った愛理としては、家柄は関係なく働けるのであれば働くことが正しいと思っているからだ。

――諸々《もろもろ》、恥ずかしいから言わないけど。

考えなしの子供の頃ならいざ知らず、大人になり、それなりに分別《ふんべつ》が付いてくれれば、こんな極上の男と自分では、いかに不釣り合いであるかは理解できる。

それなのに彼は、未だ二十年前の約束を律儀に守り、愛理を許嫁《いいなずけ》として扱ってくるから対応に困るのだ。

「でも二十年前ってことは、子供の頃の話よね。そんな昔に親に結婚相手を決められるのって、嫌じゃないのかな？」

ナポミン同様、指を折りながら確認した春香が呟く。

「当人同士が納得しているなら、いいんじゃないかな……」

思わず返す声が小さくなってしまうのは、愛理にも思うところがあるからだ。

「そうだよね。椿原さんほどの男性なら、好きでもない人と我慢して結婚なんてしないよね。……てことは、親の決めた許嫁《いいなずけ》を心から愛しているんだ。それってすごくドラマティック」

素敵な夢物語を想像して、春香がうっとりした声を漏らす。

「うん。そうだね」

一方愛理は、そうならいいのだけど……と、ため息を零してしまう。

婚約してから二十年、椿メディカルの若きリーダーとして日々努力している賢悠と、のんびり生きてきた自分では、差がありすぎてなんとも言えない気持ちが溜まっていく。

たまたま裕福な家に生まれただけで、愛理はこれといった才能もなく顔も知能も平々凡々《へいへいぼんぼん》。

それに、賢悠が自分に向ける優しさは、男女の愛情というより、年の離れた兄妹《きょうだい》のような親しさでしかない。出会った頃と変わらない二人の関係に再びため息を漏らすと、二十年前の記憶が鮮明に蘇《よみがえ》ってきた。

二十年前のあの日。賢悠は、父であり、愛理の父・浩樹の大学時代の知人である昭吾《しょうご》に連れられ二藤家を訪れた。

当時から彼の容姿は完成されていて、上品な微笑みで挨拶《あいさつ》をする賢悠の姿に、父と一緒に出迎えた愛理は、王子様が絵本の中から抜け出してきたのかと錯覚したのを覚えている。

当時中学生だった賢悠は、大人たちの話を待つ間、幼い愛理の遊び相手をしてくれていた。

後になって知ったことだが、由緒ある椿原の家は当時、昭吾の采配ミスで事業が傾き、資金援助をしてくれる相手を探していたのだという。銀行や他の企業から融資を受けるには経営陣の刷新《さっしん》が条件で、創業家のプライドがある昭吾はそれを受け入れられなかったらしい。

それで大学時代の知人であり、一代で財を築いた愛理の父の個人資産を頼って融資を求めに来たのだった。

そんな大人の事情を知るよしもない愛理は、話し合いの際、賢悠に遊び相手をしてもらい、素敵な王子様に仄《ほの》かな恋心を抱くようになっていった。

昭吾が希望する金額がかなり高額だったこともあり承諾しかねていた浩樹は、ある日、冗談交じりに「将来、愛理を賢悠の嫁として椿原の家に迎え入れるのであれば、融資しても構わない」と提案したそうだ。

その提案に、昭吾は露骨《ろこつ》に眉をひそめた。

そこで、融資の話と一緒にその提案もなかったことになるはずだったのに、たまたまその場に居合わせた愛理が、詳しい経緯もわからないまま賢悠を指さして「この人と結婚したい」と宣言してしまったのだ。

呆気に取られる大人をよそに、賢悠が愛理のプロポーズを受け入れたことで、融資と婚約が決まったのである。

そうして、愛理は椿原賢悠の許嫁《いいなずけ》となり、経営危機にあった椿メディカルは二藤家の融資で延命し、賢悠が経営に携《たずさ》わるようになって見事復活し今に至るのだった。


「あ、いいなぁ。専務、王子様と握手してる」

過去を思い出していた愛理は、春香の声で現実へと引き戻された。

画面に視線を戻すと、対談が終わったらしく、専務と賢悠が握手を交わしている。

拍手と共にカメラが引きになりコーナーが終わると、タブレットの持ち主である上司が画面を切った。

それを合図に、社員たちは散り散りに自分の持ち場へと戻っていく。

「後で専務に握手してもらおうかな……」

春香がそう呟いて、自分のデスクへと帰っていく。

腕を解放された愛理も、やれやれと自分のデスクに戻った。

席に着いても、そこかしこで先ほどの対談のことを話題にする声が聞こえてくる。その内容はやはり、自社の専務ではなく賢悠に偏《かたよ》っているようだ。

そんな声にぼんやり耳を傾けながら、愛理の脳裏に春香がさっき口にした「椿原さんほどの男性なら、好きでもない人と我慢して結婚なんてしないよね」という言葉が蘇《よみがえ》ってくる。

この年になれば、愛理だって自分と賢悠の関係が不自然なものであることを理解していた。

おそらく父は、名家の椿原相手に無理難題を提案することで、融資を諦めてもらおうとしたのだろう。しかし、愛理が余計な一言を言ったばかりに状況は一変してしまった。

冷静に考えれば、当時中学生の賢悠が、幼い自分との結婚を喜んだわけがない。融資がなければ実家が立ち行かなくなることをわかっていたから、愛理の求婚に応じたのだろう。

それならそれで、実力で椿メディカルの経営状況を回復させた今、賢悠が愛理と婚約関係を続ける意味はないと思うのだが……

賢悠は、今も変わらず愛理を許嫁《いいなずけ》として大事に扱ってくれている。

クリスマスや愛理の誕生日といったイベントを欠かすことはなかったし、愛理が大学生になってからは、どれだけ忙しくても月に一度は愛理と過ごす時間を作ってくれた。

そして顔を合わせれば賢悠はどこまでも紳士《しんし》的に、それこそ完全無欠の王子様として優しく接してくれる。

そんな彼と過ごす時間はまさに至福の一言で、もし彼と結婚すれば、それこそお伽噺《ときばなし》のお姫様のような日々が待っているのだと思わせた。

なのに、このまま結婚に進むことを躊躇《ためら》ってしまうのは、きっと自分に自信がないからだ。

――仲は悪くないけど、賢悠さんに愛されてる気がしないんだよね……

埋められない年齢差はどうしようもないけれど、彼の優しさが年の離れた妹に向けるもののように感じられてしまう。

――もう少し私が大人になれば、今よりいい関係になれるのかな。

どうすれば彼に見合った女性になれるのかと悩みつつ、愛理は眼前の仕事に意識を切り替えていくのだった。


午後四時を過ぎた頃、テレビ出演を終えた専務が会社に戻ってくると、再び社内にざわめきが起きた。何故なら先ほどテレビで同席していた賢悠を引き連れて戻ってきたからだ。

ギョッと目を見開き、思わず背筋を伸ばした愛理は、すぐに背中を丸めて彼に気付かれないよう身を小さくする。

突然の王子様の登場に色めき立つ女子社員たちに「話が盛り上がって」と、自慢するように語る専務の顔は、恋する乙女のごとく輝いている。

どうやら先ほどの対談で、賢悠に心を鷲掴《わしづか》みにされたらしい。

――まあ、それが椿原賢悠という人だけど。

男女問わず、相手の心を惹きつけてやまない魅力が賢悠から溢《あふ》れ出ている。

それをカリスマ性と呼ぶのか、フェロモンと呼ぶのかは人によるけど、五歳の自分を一瞬で恋に落とした相手だからな、と一人納得する。

――こうして客観的に見ても、やっぱり賢悠さんって華があるな……

体を縮こまらせてパソコンの隙間から様子を窺《うかが》えば、賢悠は熱っぽい視線を向ける女性陣に甘い微笑みを返しつつ周囲に視線を巡《めぐ》らせていく。

賢悠を応接室へと案内しようとしていた専務も、不思議そうに彼の視線を追ってキョロキョロと視線を彷徨《さまよ》わせた。

「……っ」

その動きに嫌な予感を覚え、愛理は体をより小さくさせる。だが、その行動がかえって目立ってしまったようだ。

一人だけ周囲と異なる動きをする愛理に気付いた賢悠が、顔を綻《ほころ》ばせる。

「――っ！」

こっちを見ないで。

視線でそう訴える愛理に、無情にも賢悠がよく通る声で言い放った。

「愛理、仕事が終わるまで待ってるから一緒に帰ろう」

「ッ」

次の瞬間、オフィスにどよめきが走る。と同時に、近くのデスクにいた春香が飛びつくようにして愛理の肩を掴んで「どういうこと？」と、騒ぐ。

肩をぐらぐら揺らされながら、その事態を引き起こした張本人へと視線を向けると、賢悠は楽しそうに目を細めて応接室へと入っていった。

◇　◇　◇

車のハンドルを握る賢悠は、信号待ちのタイミングで助手席に座る許嫁《いいなずけ》の様子を窺《うかが》った。

革張りのシートにちょこんと行儀よく座る愛理は、色白でふっくらとした輪郭をし、緩いウェーブのかかった栗色の髪をしている。子供の頃から彼女を知る賢悠は、彼女のその髪質が、色素の薄い瞳同様に天然のものであることを知っている。

大学に入った頃から急激に大人びてきた愛理だが、化粧でいくら印象を変えても小ぶりな鼻や形のよいハッキリした二重《ふたえ》の目、ふっくらとした唇などに子供の頃の面影《おもかげ》が残っていた。

唇を尖らせて窓の外に視線を向けていた愛理だが、賢悠の眼差しに気付くと、こちらを睨《にら》んでくる。

「なんでウチの会社にくるかな」

唸《うな》るようにそれだけ言うと、また唇を尖らせた。

感情が透けて見える愛理の表情に内心笑いつつ、賢悠は澄ました顔で返す。

「今日の対談相手が、偶然、愛理の会社の人だったんだ。だから、好奇心から会社訪問してみた」

その言葉は、半分嘘だ。

番組出演のオファーがあった際、対談してみたい相手がいれば指名して構わないとのことだったので、敢《あ》えて愛理の勤めている会社を指名した。子供心をくすぐるマーケティング戦略について聞いてみたい……と、もっともらしい理由をつけて。

何故そんなことをしたかと問われれば、愛理の働く環境が気になったからだ。

大学卒業後、家事手伝いや縁故就職という道を選択することなく、今の会社に就職を決めた愛理は、会えば職場でのことを楽しそうに話してくれた。

働くことが楽しくてしょうがないと全身で語る愛理の姿を見るのは楽しいが、それと同時に、なんとも落ち着かない気持ちにもさせられる。

もしや、職場に彼女の心をときめかせる相手でもいるのではないかと勘ぐってしまい、口実ができたのをいいことに職場まで押しかけてしまった。

「賑《にぎ》やかな職場だな」

職場で女性の同僚とじゃれ合う彼女の姿を思い出しクスクス笑うと、彼女の眉間《みけん》に皺《しわ》が寄る。

「あれは、賢悠さんのせいです」

「俺の？　なんで？」

信号が青に変わりアクセルを踏む賢悠の横で、愛理が深いため息を漏らした。

「テレビの向こう側の存在だと思っていた人が、突然こちら側に現れたんだから、大騒ぎにもなるでしょ」

「なんかそういうホラー映画あったな」

目尻に皺《しわ》を作って言うと、愛理が眉根を寄せる。

「それ、絶対私が言ってる状況じゃない」

そんな愛理の表情を横目で窺《うかが》い、賢悠は頬を緩めた。

本人は気付いていないのだろうけど、愛理の感情は彼女の唇を見ていればわかる。不機嫌そうに唇を引き結んではいるが、唇の端に小さなえくぼができているので、本気で怒っているわけではない。

言いたいことを言えば機嫌が直ることも承知しているので、むくれる愛理をしばらく放置していると、拗《す》ねるのに飽きた愛理がこちらをチラチラ窺《うかが》い始める。

「なんだ？」

「今日のアレ、わざと言ったの？」

「アレ？」

と、とぼけてみせるが、もちろん賢悠には愛理が言わんとしていることはわかっている。

「許嫁《いいなずけ》がいるって、口を滑らせたっていうより、敢《あ》えて話題にしたみたいに見えたから」

――相変わらず、変なところで鋭いな。

密かに感心する賢悠に、愛理が言葉を重ねる。

「全国放送のテレビで突然あんなこと言って、鷺坂《さぎさか》さんに怒られたんじゃない？」

愛理の言う鷺坂さんとは、鷺坂紫織《しおり》という賢悠の第一秘書のことだ。

「ああ……、すごく怒ってた」

その時のことを思い出し、賢悠は癖のある笑みを浮かべて頷く。

秘書の鷺坂は、鷺坂汽船という海運会社の社長令嬢で、今年から賢悠の第一秘書になった女性だ。

彼女の雇用を決めたのは賢悠の父、昭吾で、これまで働いたことのなかった彼女を賢悠の秘書として雇い入れた理由を「社会勉強のため頼まれて預かることになった」と説明した。

だが、その目的が別にあることはお見通しだ。

時代錯誤なまでに血筋や家柄にこだわる昭吾は、椿メディカルが経営を立て直した今、どうにかして二藤家との婚約関係を解消し、鷺坂の娘を嫁に迎え入れたいと考えているのだろう。

プライドの高い昭吾にとって、融資のために決まった息子と愛理の婚約は恥ずべき過去だからだ。

そんな昭吾の意向を理解しているためか、鷺坂は長年、賢悠の秘書を務めている斎木守《さいきまもる》を第二秘書として扱い、肩書きだけの第一秘書にもかかわらず高飛車《たかびしゃ》で傲慢《ごうまん》に振る舞っている。

もっと言えば、二人の婚約関係に不満を抱いていた昭吾に、鷺坂があれこれ入れ知恵してそそのかしたことも承知していた。

鷺坂にいいように踊らされている父の姿を見るのは気分のいいものではないし、大した仕事もせずに我が物顔で振る舞う彼女の存在は不快でしかない。

会社で顔を合わすだけでもうんざりする女を、どうして妻として迎え入れたいと思うものか。

第一自分には、二十年も前に結婚を誓った相手がいるのだ。その事実を変えるつもりはない。

父や鷺坂にその事実を自覚させるために、敢《あ》えて許嫁《いいなずけ》の存在を公《おおやけ》の場で口にしたのだ。

その結果は、愛理の予想どおり鷺坂を激怒させたが、賢悠の知ったことではない。

収録直後、鷺坂はヒステリックに文句を言うだけでは飽き足らず「業績が低迷しているＮＦ運輸に、早く見切りをつけるべきだ」とか、よく知りもしない愛理のことを「成金の親に溺愛された傲《ごう》慢《まん》な娘」などと言い放った。

声のボリュームこそ抑えていたが、人目のある場所で上司に対し感情に任せて文句を言うに留まらず、その許嫁《いいなずけ》をも批難する。

その振る舞いになんの疑問も持たないで、なにが社会勉強だ。

三十歳まで社会に出す気もなく箱入りで育てた娘を知人の会社に好待遇で預けて、なにを勉強できるというのか。

――そもそもウチは託児所じゃない。

鷺坂の態度を思い出し、眉をひそめる。

「そんなに叱《しか》られたの？」

無言になった賢悠へ、愛理が気遣わしげな声をかけてくる。

鷺坂ごときの言葉に、自分が傷付くわけがないのに、なにを想像してなにを心配しているのだか。

そう呆れると共に、くすぐったい気持ちにもなる。

八歳年下の彼女は、賢悠からすれば庇護《ひご》すべき存在なのに、彼女の方はそうは思っていないらしく、いつも真剣にこちらの心配をしてくる。

「心配してくれてありがとう」

素直にお礼を言うと、愛理が恥ずかしそうにそっぽを向いた。

その姿を微笑ましく思っていると、愛理がすぐにこちらに視線を戻して聞いてくる。

「もしかして、私が仕事をしていると迷惑になる？」

「……？」

急になにを言い出すのかと思い、軽く眉を動かして尋ねると、愛理が気まずそうな顔で続ける。

「就職の報告をした時、椿原のおじ様、あまりいい顔していなかったから。……賢悠さんも、なにか気になることがあったから、私の職場を確認しに来たんじゃないですか？」

「ああ……」

確かに昭吾は、一般学生に交じって就職活動をし、勤勉に働く愛理のことを、椿原の嫁として体裁が悪いと不満を漏らしていた。

だが賢悠としては、家柄に驕《おご》らず、自分で自分の道を切り開く愛理を好ましく思う。

「確かにどんな職場で働いているかは気になるよ。自分の許嫁《いいなずけ》の職場に興味を持つのは当然だろ？でも専務をはじめ、いい人が多そうな職場で安心したよ」

賢悠の言葉に、愛理がわかりやすく顔を綻《ほころ》ばせる。

「うん、いい職場だよ」

自慢げに頷く愛理に、賢悠も満足げに頷く。

どうやら自分の心配は杞憂《きゆう》に終わったようだし、ついでに愛理の職場に自分の存在を印象付けることもできた。

「……？」

そっとほくそ笑む賢悠の表情に、愛理が不思議そうに首をかしげた。

愛理の職場で愛理にマーキングできて一安心。そんな自分の大人げない打算を誤魔化すように、賢悠が尋ねる。

「就職といえば、それこそ浩樹さんは、愛理が働くことになにか言わなかったのか？」

「なにかって？」

愛理がなにを言われているのかわからないという顔をした。

「お前の行ってた大学、卒業後の進路は、圧倒的に『家事手伝い』が多かっただろう？」

愛理はああ、と納得した様子で頷く。

「別になにも。ウチの教育方針は『自分が正しいと思う方に進みなさい』だから、大学まで出してもらったし、働こうと思った。それで就職したんだけど、大学で就活するって言ったら、確かに変な顔をする人もいたかも……」

当時を思い出している様子の愛理に、思わず笑ってしまう。

「俺も浩樹さんの意見に賛成だよ。俺は愛理の選択を信じている」

「よかった」

「だから結婚後も、愛理が仕事を続けたいなら、周囲の言葉なんて気にせず続けてほしいと思ってる」

何気なく口にした賢悠の言葉に、愛理が驚いた顔をする。

その驚きの意味を知りたくて視線で問いかけると、愛理が戸惑い気味に言う。

「結婚なんて言葉、賢悠さんから初めて聞いたから」

「愛理が大人になるのを待ってたんだよ。今さら結婚を急ぐ仲でもないし」

「……そっか」

五歳で自分の許嫁《いいなずけ》となった彼女は、二十年という年月を重ねて随分大人びたと思う。

それでも喜怒哀楽を素直に顔に出すところはそのままで、彼女が健《すこ》やかな心のまま成長したのだとわかった。そんな愛理の前でなら、自分も無駄に感情を隠す必要はないのだと思える。

両親から惜しみない愛情を注《そそ》がれて育った彼女には、一緒にいる人の気持ちも明るくしてくれる素直さがあった。

――我が家とは大違いだ。

賢悠の父である昭吾が大切に思っているのは、名家の当主であり椿メディカルの創業一族という我が身の保身だけだ。

自分を第一に考える昭吾にとって、結婚も家族も保身のための道具でしかない。

言動の端々《はしばし》にそれを滲《にじ》ませ常に傲慢《ごうまん》に振る舞う父は、散々二藤家を成り上がりと軽んじておきながら尻尾《しっぽ》を振って融資を頼みに行く。それでいて陰では「この私に金を貸してやったと思っている」と憤慨しているのだから、とことん歪《ゆが》んだ価値観の持ち主だと思う。

そして父に従う母もまた、特権意識の強い人だ。

そんな両親を見て育ち、夫婦や家族に冷めた価値観を持っていた賢悠にとって、両親に無償の愛を注《そそ》がれ天真爛漫《てんしんらんまん》に育った愛理はひどく新鮮なものに映った。

愛理と一緒にいると、自分の家では感じたことのない安らぎを覚え、心が癒《い》やされるようになった。

「俺は、早く愛理と家族になりたいよ。浩樹さんにも、そのことを伝えておいてくれ」

その言葉に愛理が赤面する。

きっかけは確かに打算だった。けれど、幼い頃からずっと、自分を慕《した》い続けてくれる愛理を大事にしたいと思う。

二十年前、五歳の彼女がした決断が、正しいものであったと証明するために。

2　笹に願うこと

賢悠の突然の会社訪問から十日ほど過ぎた週末。

いつもは下ろしていることの多い髪を綺麗に結い上げ、爽《さわ》やかな若菜色の単衣《ひとえ》の着物に乳白色の薄い色合いの花の文様が入った名古屋帯を合わせた愛理は、父の浩樹と共に椿原家を訪れていた。

「結納をする時も、こんな感じなのかな」

門から玄関まで続く石畳を歩く浩樹は、ふと足を止めてしみじみとした口調で呟く。

ここしばらく仕事が忙しいらしく、あまり家で顔を合わせなかった父の感慨深げな表情に、愛理は首筋の後れ毛を撫でてはにかむ。

「気が早いよ」

賢悠に「早く家族になりたい」と言われたことを告げてから、浩樹もだいぶ覚悟ができてきたらしい。

苦笑する愛理に、浩樹はそんなことはないと首を振る。

「だけどこの前のテレビの発言は、各所で波紋を呼んでいるぞ。椿原家の御曹司がいよいよ結婚するんじゃないかと騒がれている」

実はカクミの社内でも、賢悠の発言とそれに続く突然の会社訪問で、愛理の素性や賢悠との関係がかなりの話題を呼んでいる。

浩樹の会社の関係者でもあの放送を見ていた者は多く、気の早い者の中には、結婚の日取りを確認してくる者もいたそうだ。

そんな周囲の空気を肌で感じ、愛理自身、二人の関係が結婚へ向かっているのだとじわじわ実感してきた。

まだまだ未熟な自分に、彼の妻の役目が務まるだろうかという不安はある。それでも二人の結婚を心待ちにしてくれている賢悠の言葉を聞いて、愛理自身も覚悟を決めた。

——賢悠さんと結婚……

あれこれ想像して気恥ずかしさから視線と落とすと、浩樹の足下に濃い影が落ちているのに気が付く。

そのまま視線を上げると、浩樹が目尻に皺《しわ》を寄せてそっと笑った。

どこか疲れて見える父の表情に、ふと老いを感じてしまう。

「お父様、疲れてる？」

思わず漏れた愛理の言葉に、浩樹が困ったように首筋を摩《さす》る。

「普段の仕事に加えて、九月にはＮＦ運輸の創業三十周年記念イベントの準備もあるから、少しな。愛理の結婚準備が始まれば、さらに忙しくなるだろうから体には気を付けるよ」

浩樹にとって愛理は遅くにできた子供で、同世代の友達には既に孫のいる人も多い。浩樹としては、そろそろ娘に結婚してほしいのかもしれない。

本人の自主性を重んじる教育方針の父は、賢悠との結婚のタイミングも二人の判断に任せる姿勢でいてくれたが、内心では気を揉んでいたのだろうか。

もしそうなら申し訳ないと眉尻を下げる愛理に、浩樹は柔和な笑みを浮かべた。

「今日の茶会でその話が出るかもな」

そう呟いて、立ち止まっていた足を動かす。

京都の公家《くげ》の流れを汲《く》む椿原家では、五節句の時期に、親しい人だけを招いて気楽な茶会を開く慣習があった。七月頭の日曜日である今日は、七夕《たなばた》の節句を名目に茶会が開かれる。

気楽と言いつつ、京都でも減少傾向にある配膳司を呼び茶を振る舞う格式高い茶会だ。

大きな茶会の席で、主催者の目が行き届かず失礼が起きないようにと雇われる配膳司は、客人の誘導に始まり、給仕や進行、帰る際のお見送りといった全てを取り仕切るプロだ。

そんな配膳司を配しての茶会は客も厳選されていた。特に政財界の者にとって、椿原家のお茶会に招かれるということは一つのステイタスとなっている。

二藤親子は、愛理が成人したのを機に、賢悠の婚約者として毎回招かれていた。

「ごめんください」

カラカラと軽快な音を立てて横に滑る和風建築の玄関扉を開くと、三和土《たたき》には既に数人分の靴がある。

先客の履き物から、和装か洋装か、男女のどちらが多いか、そんなことを想像していると、長い廊下の奥から紋付き袴《はかま》の白髪の男性が姿を見せた。

「二藤様、お待ちしておりました」

小柄だが姿勢が良く存在感のあるその男性は、配膳司の浅井《あさい》だ。

初めて顔を合わせた時から一度たりとも二藤親子の名前を呼び間違えたことのない浅井は、愛理たちだけでなく、茶会の出席者全ての顔と名前を把握している。

「せっかく年に一度、織姫はんと彦星はんが互いの思いを確かめる日やと言いますのに、今日は少し、雲行きが怪しいようで……」

玄関まで歩み出て床に膝をついた浅井が、歯切れ悪く出迎えの挨拶《あいさつ》をする。

彼の何気ない台詞《せりふ》に、愛理は違和感を覚えた。

確かに外は少し曇っているが、夜になっても星が見えないというほどではない。

それに普段の浅井なら験《げん》の悪い言葉を嫌い、星が見えなくても「二人が恥ずかしがって雲に隠れている」とでも言いそうなものだが。

内心首をかしげながら、先を歩く浅井についていく。

そして違和感の理由を、愛理は茶会の前室に通されて理解した。

浅井に案内されたのは、茶会の際、お茶の前に皆で懐石《かいせき》を食べるのに使う広い和室だった。

「二藤様がおみえになりました」

廊下に膝をつき、丁寧な所作で襖《ふすま》を開く。

黙礼してそっと立ち上がる浅井に続いて、浩樹、愛理の順で和室に入ると、部屋には左右それぞれに十席のお膳が用意されており、七人の人がそれぞれに割り当てられたお膳の前に座っている。

浩樹は顔なじみの数人に親しげに挨拶《あいさつ》し、当然のように上座へ足を向けようとして、浅井とぶつかった。

賢悠の婚約者である二藤親子はこれまで、正客《しょうきゃく》として上座の主賓席に案内されていた。それもあって、案内を待たずに浩樹の足が動いてしまったようだ。

戸惑う浩樹に、浅井が落ち着きのある声で詫びる。

「亭主より、本日は同業者同士で話しやすい席をとの指示がありまして……」

同業者同士と言われても、運送業界の招待客は浩樹だけだ。

「早とちりして申し訳ない」

恐縮する浅井の肩を軽く叩いて、案内される下座の席へ足を向けた。父の後に続く愛理は、さっきの浅井の言葉を心の中で反芻《はんすう》する。

つまりこれは、愛理と賢悠を離すための席なのだろう。

いよいよ結婚に向けて動き始めたと思った矢先、自分と賢悠の仲を邪魔するような仕打ちに、指先から血の気が引く。

自分との結婚を望む賢悠の言葉に、嘘があったとは思わない。お互いの気持ちが確かなのだから、時期がくればおのずと結婚に進むと思っていた。

突然の不穏な気配に、これはどういうことだと考えている間にも、次々と新たな招待客が自分の席へと案内されていく。

部屋へ入って来た客は皆一様に、下座に座る二藤親子に小さく驚く。その後に見せる表情が、素直な哀れみか、微かな嘲笑《ちょうしょう》かは人によってだ。

その視線に居心地の悪さを感じていると、賢悠が秘書の鷺坂を従えて入室してくる。

愛理たちが下座に座っていることに気付いた二人の表情は、わかりやすく分かれた。

目を見開き驚く賢悠と、目を細めて口角を上げる鷺坂。

賢悠の秘書である鷺坂が、この席に招待されるのは初めてだ。深い紺色の着物を隙なく着こなす彼女の姿は華やかで、こういった場所への気後れを感じない。

その時、浅井がそっと賢悠になにかを耳打ちする。おそらく今日の座席の事情を説明しているのだろう。

一言二言交わし、二人は正客《しょうきゃく》の座る席と向き合う席へ案内された。

歩きながら、自然に鷺坂が賢悠の肘へ手を触れさせた。その光景を見つめる愛理は、膝の上で揃えていた手で拳《こぶし》を作る。

——どういうこと……

まるで自分が婚約者であるように賢悠に寄り添う鷺坂の姿に、愛理は混乱してしまう。

寄り添う二人の姿が様になっているだけに、ざらつく心を抑えられない。

「……っ」

チラリと右隣に座る父の方を見ると、硬い表情をした彼の喉仏《のどぼとけ》が上下した。

父もこの状況に、ただならぬものを感じているに違いない。

自分と賢悠の間に突然垂れ込めた暗雲に、背中に嫌な汗が流れ出す。

すると、上座へ案内されたはずの賢悠が浅井を伴いこちらへと近付いてきた。

「――っ！」

何事かと周囲が見守る中、賢悠は既に着席していた愛理の左隣の男性に小声で話しかけた。

一番末席に座る左隣の彼は、二期目の当選に向け、票集めが忙しい若手政治家だ。

そんな彼は、突然賢悠に話しかけられた緊張からか終始中腰で話をしている。しかし、不意に表情を明るくし深くお辞儀をして立ち上がった。

愛理たちにも頭を下げると、彼は浅井に案内されてその場を離れていく。浅井は、チラリと愛理に視線を向け、控え目な微笑みを浮かべて小さく頷いた。

一連の流れを呆気に取られて見守っていると、空《あ》いた席に賢悠がどかりと腰を下ろす。

「えっ？」

驚いて目を白黒させていると、隣席に座っていた彼は上座の鷺坂の隣に座った。

どうやら賢悠は、政治家の彼に席の交換を申し出たようだ。

茶の席で配膳司の案内を無視して好きな場所に座るなんてマナー違反もいいところだし、普段の賢悠ならそんなことはしない。

「いいの？」

思わず声を潜《ひそ》めて確認する愛理に、賢悠は悪戯《いたずら》を成功させた少年のようにクシャリと笑う。

「彼は今、新たな人脈作りに奔走《ほんそう》しているようだから、こんな隅にいるより上座で存在感を示すべきだと助言したら、喜んで代わってくれた」

「そうじゃなくて、賢悠さんは上座にいないと……」

「茶の席で仕事の話をしようなんて無粋だ。別のことに気を取られた亭主が失礼をしないよう、息子として末席から場の進行を見守ることにした……って、ことにしてもらった」

「でも……」

大丈夫だろうかと心配する愛理の顔を覗《のぞ》き込み、賢悠が言う。

「大丈夫だから、お前はなにも心配しなくていいよ」

あれこれ考えてしまう愛理をよそに、賢悠は少し体を前に屈《かが》め彼女の向こう側に座る浩樹に話しかける。

「先日のテレビでのインタビューの件で、私が父の機嫌を損ねてしまったようです。そのせいで、二藤さんのメンツを潰すような形になってしまって……」

賢悠の言葉に、浩樹は納得したと頷く。

「なるほど。椿原君は、形式にこだわる人だ。自分の流儀にそぐわないことが、嫌なのだろうね」

「自分と違う価値観を認められないだけです」

どこか冷めた表情で呟く賢悠を、浩樹が優しく諭《さと》す。

「だが、自分の価値観をしっかり持った人だ。ある意味、揺るぎない信念の持ち主ともいえる。……それに、もし父親のそういう姿勢に賛同できないのであれば、君は自分と違う価値観の人を認められる心を持てばいい。手始めに、彼の価値観に理解を示してやってはどうだい？」

浩樹の言葉を聞き、賢悠は目尻に皺《しわ》を寄せて苦笑する。

「私はいい義父に巡《めぐ》り会えて幸運です。おかげで道を誤らないで済む」

賢悠の表情が解れたのを見て、浩樹も目尻に皺《しわ》を寄せて笑う。

「椿原君は、学生の頃から自分の流儀に反するのを嫌う人だった。また、自分で交わした約束を違えるようなことはしない律儀な性格をしている。私は、そんな彼が嫌いじゃないよ。だから、愛理と賢悠君の結婚に関しても、あまり心配はしていないんだ」

気を悪くするでもなく浩樹は穏やかに頷く。だがすぐに物憂《ものう》げな様子で「ただ椿原君は、今はタイミングが悪いと思っているのかもしれないね」と、付け足した。

その言葉に賢悠も控え目な声で「訴訟の件でしたら、私は気にしていません」と、返す。

「……？」

なにか含みを感じる言い方が気になったが、人の目が多いこの場で質問は控えるべきだろうと思い直す。

後で浩樹と賢悠のどちらかから事情を聞こうと考えていると、浩樹と賢悠は愛理を挟んで雑談を始める。賢悠と話しているうちに、浩樹の硬かった表情が柔らかくなるのがわかった。

愛理にはあまり興味のない話で聞くともなく耳を傾けていると、徐々に客が席を埋めていく。そして全ての席が招待客で満たされると、襖《ふすま》が音もなく開き、着物姿の昭吾が現われた。

昭吾が室内に足を踏み入れると、座敷にピリリとした緊張が走る。そんな空気の中、昭吾は末席に座る賢悠に気付き眉をひそめた。

すかさず歩み寄った浅井が耳打ちすると、昭吾は愛理へと鋭い視線を向けてくる。

「……っ」

昭吾の鋭い眼差しに、思わず身がすくむ。

これまで向けられたことのない鋭い眼差しを見て、自分を取り巻く環境の変化に不安が込み上げてきた。

愛理から視線を逸らした昭吾は、何事もなかったように着席すると、招待客へ季節の言葉を織り込んだ挨拶《あいさつ》を述べていく。

その後は、懐石料理《かいせき》をいただき、茶室に移動しての茶の振る舞い。それが終わると、招待客は品よく手入れされた庭園の散策を始めた。

都内とは思えない広い日本庭園に出ると、七夕《たなばた》の節句ということで笹と短冊が用意されていた。思い思いの願い事が笹の先でなびいている。

「二期当選……誰が書いたか、すぐにわかっちゃう」

揺れる短冊の願いを見上げ、自分もなにか書こうかと思っていると、背後に人の気配を感じた。

「他人の願いを盗み見るなんて、育ちの程度が透けて見えるわね」

あからさまな棘《とげ》のある声に振り向くと、背の高い艶《つや》のある女性が薄笑いを浮かべて佇《たたず》んでいた。

「鷺坂さん……」

口は微笑みの形を取っているが、その瞳の奥に暗い闇を感じる。

鷺坂とは面識があり、好かれていないとは思っていたが、今日の彼女はやけに攻撃的だ。

「これだからメッキ細工《ざいく》のお嬢様は駄目ね」

「素直な願い事ばかりで、ここに人目を避けるような願い事はないですよ」

彼女の態度に思うところはあるが、賢悠の秘書との間に波風を立てないよう笑顔で返事をする。

愛理の隣に立った鷺坂は、目に入った短冊に手を伸ばし、そこに書かれてある願い事を眺めて鼻で笑う。

「くだらない」

「……」

短冊を読んだ自分を非難しておいて……と、思わず眉根を寄せてしまう。そんな愛理に、自分だけはそれが許されていると言いたげに、鷺坂が高飛車《たかびしゃ》な声音で言う。

「私なら、自分の願い事を人任せになんてしない。欲しいものは、自分で取りに行くわ」

挑戦的な笑みを浮かべ、鷺坂は愛理へ向き直る。目に入ってきた彼女の帯留めに、愛理は小さく眉をひそめた。

紺色の着物をお洒落に着こなす鷺坂の帯留めは、彫金細工《ざいく》の椿だ。大ぶりで凝った作りのそれは、かなり人目を引く。

本来、冬に使うべき椿の花を、夏の着こなしに取り入れている。これだけ隙なく着物を着こなす彼女が、小物選びを間違えるはずがない。

「――っ！」

賢悠がこちらを気遣って席を移動しなければ、彼女は上座に座る賢悠の隣で、椿原の苗字を表した椿の飾りを身につけて座っていたことになる。

その光景を見た茶会の参加者は、それをどう受け止めるだろうか……

不快な感情が、一気に自分の内側を黒く満たしていく。

「……っ」

「あら、いい顔」

平静を装《よそお》い唇を固く引き結ぶ愛理を見て、鷺坂が満足げに微笑む。

その意地の悪い表情は、心の底から愛理を見下したものだ。

ここまで露骨《ろこつ》な蔑《さげす》みの眼差しを鷺坂から向けられるのは初めてだが、伝統あるお嬢様学校に通い「成り上がりの娘」という扱いを受けていた愛理には、見慣れた視線でもある。

――良家の子女が皆、こんな傲慢《ごうまん》な人ばかりじゃないのはわかっているけど……

愛理の学生時代からの友達には、歴史ある家の生まれの子もいれば、自分同様一代で財を成した家の子供もいた。皆、気さくな人ばかりで、鷺坂のように家柄で人を見下すことはしない。

だから傲慢《ごうまん》さは生まれがそうさせるのではなく、その人自身の問題だ。

理不尽な蔑《さげす》みにこちらが小さくなる必要はないと、顎《あご》を引いて胸を張る。そんな愛理にわざと肩をぶつけるようにして、鷺坂は新しい短冊が置かれている台へ歩み寄り、硯《すずり》の墨に筆を浸《ひた》す。

「貴女程度のお願いなら、短冊に書くのが丁度いいのかもしれないわ」

そう言って、鷺坂は滑《なめ》らかな筆遣いで『遼東《りょうとう》の豕《いのこ》　無事に小屋に帰る』と書き記し、愛理に意地悪く微笑みかけてきた。

「遼東《りょうとう》の豕《いのこ》」とは、世間知らずで得意になり、独りよがりになっていることや、そのような人のたとえだ。つまり、この場所に相応《ふさわ》しくない愛理は、帰れということだろう。

敢《あ》えてあまり知られていない故事を使い、愛理が理解できなければ「成金の娘は教養がない」と、嘲《あざけ》るつもりなのが透けて見える。

だが、生憎《あいにく》愛理は文学部卒だ。

「あら意外。字は読めるのね」

鷺坂がつまらなそうに鼻を鳴らし、愛理に硯《すずり》と筆を譲るよう体を動かす。

そして、ことさら意地の悪い笑みを浮かべて囁《ささや》いた。

「貴女の場合は、ＮＦ運輸が倒産しないよう願った方がいいんじゃないかしら」

「……なっ！」

思いがけない鷺坂の言葉に振り向くと、鷺坂が大袈裟《おおげさ》に目を見開いて驚いてみせた。

「あら、自分の親の会社が風前の灯火《ともしび》だってこと、知らなかったの？」

バカにしたような鷺坂の表情を見て、愛理の脳裏に最近忙しそうにしていた父の姿が思い出される。

「嘘……です」

否定する愛理を、鷺坂がせせら笑う。

「絵画の件、相当響いているみたいよ」

鷺坂の言葉に思い当たるものがある愛理は、口を噤《つぐ》んだ。

「怖いもの知らずの無知な豕《いのこ》は、勢いだけで一気に高みにのぼるけど、転げ落ちるのも早いわね。椿原の歴史をお金で買ったつもりかもしれないけど、身のほど知らずは素直に消えなさい」

冷淡な声色でピシャリと言い放ち、鷺坂は愛理の返答を待たずにその場を離れていく。

その後ろ姿を見送った愛理が、ぼんやり風に揺れる短冊を見上げていると、鷺坂と入れ替わるように背後に人が立つのに気付いた。

鷺坂が戻ってきたのだろうかと警戒して振り向くと、そこには長身の痩《や》せた男性が立っていた。

「椿原のおじ様……」

愛理の言葉に、昭吾がそっと眉をひそめる。

それでもすぐに表情を整え、笹の枝を指で引き寄せ、そこに書かれている願い事を眺めて目を細めた。

「鷺坂君に、虐《いじ》められたかな？」

愛理と視線を合わせることなく、昭吾が問う。そして愛理の答えを待つことなく、独り言のように続けた。

「すまないね。彼女は息子を慕《した》っているんだが、君がいるせいで結ばれることはない。八つ当たりの一つもしたくなってしまうんだろう」

「……」

こともなげに言う昭吾は、そこでようやく愛理と視線を合わせ、肩をすくめてみせた。

「家柄的にも会社的にも、鷺坂の娘が嫁になった方が椿原のためだと鷺坂君は言っていた。君には申し訳ないが、私もそう思っているよ」

突然の話に、絶句してしまう。

大人になるにつれ自分が椿原の嫁として歓迎されていないことは、なんとなく感じていた。それは、性格や学歴といった努力してどうにかなるものではなく、椿原家のように遡《さかのぼ》れる歴史がない家の生まれであることが原因なのだろう。

そのことに気付いてはいたが、家柄を理由に身を引くのは自分で自分の家族を卑下《ひげ》するように思えて、したくなかった。

確かに父は、なんの歴史もない貧しい家の出だ。でも愛理は、努力して一代で椿メディカルと肩を並べる大企業を作り上げた父を誇らしく思っている。

「私は、父を尊敬していますし、自分の家を恥じてもいません。賢悠さんも、二藤の家柄について気にしていないと思います」

彼が気にしていない以上、愛理も気にするつもりはない。そう胸を張る愛理に、笹から手を離した昭吾は遠くに視線を向けて言う。

「そんな怖い顔をしなくても大丈夫だ。賢悠は真面目で優しい子だから、椿原の責務として約束は果たすさ。……たとえそれが、自身や椿原の名を貶《おとし》めることになろうとも」

「そんな……」

あまりの言われように二の句が継げない愛理に、昭吾がゆっくりと視線を向ける。

「そういえば、NF運輸は大変なことになっているようだね」

「絵画の件でしょうか？」

急に話題が変わったことに戸惑いつつ愛理が聞くと、昭吾が深く頷く。

さっき鷺坂も口にしていた絵画の件とは、少し前にNF運輸が受けた絵画運搬の際に、その絵画を破損したといって争論になっている件のことだ。

普段は遠く海の向こうの国営美術館に所蔵されているルネサンス期の有名な絵画が、特別に海外に貸し出されることになった。そこで、独自の除振システムを開発し、美術工芸品の安全な輸送に定評のあるNF運輸が輸送を任された。ところが、輸送後に学芸員が破損チェックをした際、先方のコンディションレポートには記載されていなかった傷が発見されたのだそうだ。

輸送に同伴してきた美術館の学芸員は、輸送時についた傷だと言い張った。しかし、事前に送付された写真には、問題の傷らしきものが既に写っているように見える。それを指摘するが、先方は傷ではなく影だと言い張り、NF運輸か搬入先の日本の美術館が破損したのだと主張した。

もちろんNF運輸は自分たちの仕事にミスはなかったと主張するし、日本の美術館の学芸員も同様で、三者の主張は平行線を辿《たど》っていた。

しかし、絵を所蔵するのは政治情勢が複雑な国で、こちらの主張にいっさい耳を傾けることなく、国に政治的圧力をかけてまで自分たちには非がないと言ってきた。その結果、ＮＦ運輸は国際的な裁判を抱える形となってしまったのである。

茶会の前に父と賢悠が話題にしていた「訴訟」も、このことを示していたのだと思う。ただ……

「その件はまだ裁判中です。もし万が一、こちらの主張が通らなくても、損害は保険から支払われます」

だから心配はいらないと、愛理は父から聞かされている。

父の言葉をそのまま告げる愛理を見て、昭吾は、全然わかっていないと言いたげに首を横に振った。

「これだから世間知らずのお嬢様は……」

「それはどういう意味ですか」

思わず反論しようとした愛理に対し、昭吾は自分の唇に人さし指を添える。

そうやって愛理を黙らせてから口を開いた。

「三流会社に勤めて世間をわかったような気でいても、経営についてなにもわかっていない。保険は、この件で失った信頼までは補填してくれないんだよ。今はまだ周囲も様子見だろうが、これで裁判に負けるようなことにでもなれば、ＮＦ運輸に依頼する美術館は激減するだろうね。おそらく既に、依頼のキャンセルが出ているのではないかい？　そうなれば、ＮＦ運輸の経営は一気に傾くだろう」

そう語る昭吾の声は確信に満ちている。彼の声色から、可能性の話ではなく、現実に起きていることの話をしているのだと察せられた。

「……っ」

「二藤君は、せめて娘の嫁入りまでは持ちこたえようと考えているのかもしれないが、名家の結婚というものは、嫁いだ後も家同士の付き合いに金がかかり続ける。彼はその資金をどこから調達する気なんだろうね」

言葉もなく視線を落とす愛理に対し、昭吾は一度呼吸を整えてから言葉を続ける。

「こんなことを言いたくはないが……君は、親にそんな負担をかけてまで、息子と結婚したいかね？」

「それはっ」

そう言われて、ここしばらくの疲れた父の顔を思い出す。

物語のような奇跡を信じ、これまで人生の苦難を楽しんで乗り越えてきた父だが、今回の件は愛理が想像している以上に応《こた》えているのかもしれない。

「それとも、この先かかり続ける諸々《もろもろ》の費用を、自分の稼ぎだけでどうにかできるとでも？」

悔しいが、それは難しいと認めるしかない。

結納の日のためにと両親が仕立ててくれた着物だけでも、愛理の年収を軽く超している。この先、結納、結婚と話が進めば、家に相当な金銭的負担をかけることになるだろう。

心配ないと言う父の言葉を真に受け、深く考えてこなかった自分を恥ずかしく思う。

全身全霊で自分を愛してくれた父を思って唇を噛む愛理に、昭吾が追い打ちをかけるように言う。

「それに、君と賢悠が結婚した後、もしNF運輸が倒産でもすれば、その累は椿原の家や椿メディカルにも及ぶ。君はそれを承知しているかい？　きっと息子は、全て承知の上で君との約束を果たそうとしているのだろうが」

そう言って、昭吾は大きくため息を吐いた。

「名家の結婚とは、互いの家や会社をさらに繁栄させるものでなくてはいけない。だが君たちは、やっと経営を立て直した椿メディカルの足を引っ張るだけだ」

「そんなつもりは……」

「ないと言うのなら、それは君が無知なだけだ。過去に受けた融資に恩義を感じている息子は決して言わないだろうが、ろくに花嫁修業をすることもなく、社会人ごっこなどをしている君と結婚するだけでも、十分椿原の面《つら》汚しになるというのに」

突き付けられた厳しい現実に打ちのめされ、愛理が呆然と立ち尽くす。

自然と視線が下がっていく愛理の首筋に、夏の風が触れる。

どれくらい経ったか、昭吾が「一つ提案があるのだが」と、優しく語りかけてきた。

その声に顔を上げると、夏の日差しの下、頬や額《ひたい》の皺《しわ》を濃くした昭吾と目が合う。

「もし君が、賢悠との関係を白紙に戻してくれると言うのであれば、二藤家から受けた融資以上の金額を支払う用意がある。正式な結納を交わしたわけではないが、これまでの付き合いもある。今後のＮＦ運輸の立て直しにできる限り力を貸そう。お父さんを尊敬するというのであれば、君が選ぶ道は一つなんじゃないかな？」

「……」

――私は、賢悠さんが好き。

好きだから結婚したいし、彼が側にいてくれると幸せな気分になれる。

でも、自分が幸せになるために、親に負担を強いるのは正しいことなのだろうか……

それだけでなく、自分の存在が賢悠の足を引っ張ることになるとしたら。

「正しい選択のできる君は、聡い子だ。息子には、私から話しておくよ」

表情から愛理の心がどちらに傾いているのかを察し、昭吾は満足げな笑みを浮かべて離れていく。

一人その場に残された愛理は、笹の枝先で揺れる短冊を見上げた。

紙縒《こよ》りで笹に結ばれた短冊は、風に身を委《ゆだ》ね儚《はかな》く揺れる。

もし急に雨が降ったり、激しい風に晒《さら》されたりすれば、紙縒《こよ》りは切れ、笹と短冊の繋がりは途切れてしまうことだろう。

そんな儚《はかな》い存在に、人は毎年、無数の願いを託す。

二十年、信じてきた賢悠との未来が突然閉ざされた今の愛理には、笹に揺れる短冊がことさらいじらしく思えてしまう。

――願う自由だけは、許してください。

心で祈り、そっと一枚短冊を取り願い事を書くとその場を離れた。

顔見知りと談笑していた浩樹は、庭を歩く愛理の硬い表情を見るなり、なにも言わず帰り支度を始めた。

タクシーの手配をするという浅井の申し出を断り、賢悠に声をかけることなく逃げるように椿原家を後にするのは、ひどく惨《みじ》めな気分だった。

「タクシー、どこでもいいな？」

一応といった感じでそう確認し、通りに出た浩樹はスマホのアプリでタクシーを手配する。そして、愛理に気遣わしげな眼差しを向けた。

「誰かに、なにか言われたのか？」

顔を見ただけでそう察するのは、浩樹にも思うところがあるからだろうか。そんなことを考えつつ、愛理は質問に質問で返す。

「裁判は順調？　業績が悪化したりしていない？」

親子だからこそその遠慮のない問いかけに、浩樹の顔が一瞬だけ強張《こわば》る。その表情を見れば、鷺坂や昭吾の言葉に嘘はないのだと理解できた。

「乗り越えられない苦境はない。人生と一緒で、常に業績が右肩上がりで順風満帆《じゅんぷうまんぱん》な商売なんてないさ。そんな凪《なぎ》のような生き方は、つまらないだろう」

今の苦境も人生の醍醐味《だいごみ》と鷹揚《おうよう》に笑う父の姿に、愛理もそっと目を細めた。

物語のような奇跡は起きると信じ、強い信念を持って会社を急成長させてきた父らしい言葉だ。

愛理に願えば奇跡は起こせると語り、何不自由のない人生を送らせてくれた父。

守られることが当然と思い込み、現実と向き合ってこなかった自分を恥ずかしく思う。

父を尊敬するからこそ、父のようにきちんと現実と向き合える人になりたい。

そしてこれ以上、大好きな父に負担をかけ続けるわけにはいかなかった。

自分の中で覚悟を決めた愛理が視線を上げると、ちょうどタクシーが到着するのが見えた。

「本当に、便利な時代になったな」

スマホの位置情報から、現在地近くの空車タクシーを手配してくれるアプリをよく使う浩樹は、ことさら明るい声を出す。

それが自分を気遣ってのことだとわかるからこそ、ここで涙を見せるわけにはいかない。

先にタクシーに乗り込んだ愛理は、シートベルトを締めると、続いて乗り込んできた浩樹に言った。

「賢悠さんとのことで、少し、考えたいことがあるの」

「なにを悩んでいる?」

「……」

婚約解消する。……そう覚悟を決めたはずなのに、心がその言葉を口にすることを拒《こば》んでしまう。

「ちゃんと自分が正しいと思う道を選ぶから、少しだけ時間をちょうだい」

今は、そう告げるのがやっとだった。

これ以上話すと泣いてしまいそうで、愛理は浩樹から目を逸らし車窓に顔を向ける。

その姿に追及を諦めた浩樹は、タクシーの運転手に行き先を告げた。

◇　◇　◇

椿原家の茶会から三日後。昼休みに人気《ひとけ》の少ないオフィスで私物のタブレットを操作する愛理は、そっとため息を吐いてペットボトルのお茶を飲んだ。

冷房で空気が乾燥しているのか、自分が思うより喉が渇《かわ》いていたことに気付く。

喉が潤《うるお》う感覚に一息吐き、愛理はまたタブレットの文字を読んでいった。

「私、本当になにも知らなかったんだ……」

タブレットで閲覧しているのは、株式投資をしている人が趣味を兼ねて様々な企業の評判を書き込んでいるサイトだ。

茶会の日から今日まで、愛理は時間を見つけてはNF運輸の評価について書かれた記事を読み漁《あさ》っていた。

評価を読めば読むほど、鷺坂や昭吾の言葉が本当だったのだとわかる。

件《くだん》の裁判は思った以上に長引き、周囲のNF運輸に対する目は日を追うごとに冷ややかになっていた。

現在のNF運輸は、事業縮小もあり得る、創業以来最大の危機に立たされているようだ。

それでも浩樹は弱気になることなく、精力的にこの危機を打開すべく奔走《ほんそう》しているが、その顔を見れば、未だ状況は厳しいのだとわかる。

父の助けになりたいと思っても、大した力のない自分にできることなど高が知れている。

就職して一人前の大人になった気でいたが、実際は、無知で世間知らずなのだと思い知らされた。

――きっと、婚約を解消してよかったんだ……。

こんな自分を妻に迎えても、賢悠のためにはならなかっただろう。それに、婚約解消することで得られる椿原の支援があれば、父の負担を減らすことができる。

信じていれば、物語のような素敵な奇跡が自分にも起こると思ってきたけど、やっぱり現実はそんなに簡単じゃないようだ。

でも、彼といた二十年、十分すぎるほど素敵で幸せな夢を見せてもらった。

だからもうこれで終わりにしよう。

賢悠への思いを断ち切るべく、愛理は毎日貪《むさぼ》るように様々な記事を読み、自分の判断は正しかったと言い聞かせる。けれど、心がなかなかそれを受け入れてくれない。

情報を読み漁《あさ》りながら、頭のどこかで、自分にできる起死回生の策はないかと考えてしまう。

そんな奇跡、自分に起こせるはずがない。冷静な部分ではそう理解していても、奇跡を起こすことで、賢悠との関係を取り戻せればいいのにと願ってしまうのだ。

「……っ」

油断すると、すぐに後悔が押し寄せてきて泣きたくなる。

グッと下唇を噛んでタブレットに打ち込む検索キーワードを考えていると、画面に影が落ちた。

不思議に思って顔を上げると、後頭部になにかが触れる。それと同時に、横から伸びてきた腕が愛理の手からタブレットを取り上げた。

「えっ」

タブレットを追いかけ、腰を捻《ひね》って背後を見上げた愛理は、すぐ後ろに立っていた人の姿に目を丸くする。

「賢悠さんっ⁉」

驚いて体を引こうとするが、デスクと賢悠の間に挟まれていてそれもできない。

「ど、どうしてここに？」

もう会うことはないと思っていた賢悠が、目の前にいる。そのことに動揺する愛理をよそに、賢悠は取り上げたタブレットの画面をスクロールし表示される内容を確認していく。

「カクミの専務と昼食を取る約束をしたから、そのついでに挨拶《あいさつ》に来たんだよ。お前、この前の茶会、俺になにも言わずに帰っただろ。あれから、連絡しても返事もないし。こんなくだらないサイト読んでる暇があるなら、電話してこいよ」

不満を漏らしながら一通り画面をスクロールさせた賢悠は、タブレットを愛理に返す。

「ごめんなさい」

お茶会の日以降、賢悠からの電話やメッセージは全て無視していた。

動揺しつつ謝る愛理の前髪をクシャリと撫でて、賢悠が微笑む。

蝶《ちょう》を誘う花のような微笑みを向けてくる賢悠に縋《すが》り付きたい衝動に駆られるが、それをグッと堪《こら》える。

もしかして賢悠は、昭吾からまだ話を聞いていないのだろうか……

そんなことを考えながら見上げると、不意に表情を引き締めた賢悠が愛理に顔を寄せてくる。

——近……ッ。

少し首の角度を変えれば唇が触れそうな距離に、戸惑ってしまう。

愛理の緊張に気付くことなく、賢悠は鋭い眼差しで問いかけてきた。

「父に、お前から婚約解消の申し出があったと聞いた。本当か？」

賢悠には自分から話すと言っていたが、婚約解消についてそのように説明されたのだと知る。

「しかも表向きには、椿原から婚約破棄を申し出た形にしてほしいと頼んだとか」

「あっ……えっと……」

昭吾と賢悠の間でどんなやり取りがあったのかわからず、すぐに言葉を返せない。

「原因はそれか？」

そう言って、賢悠は愛理が胸に抱えるタブレットをチラリと見た。

「そういうわけじゃ……」

思わずタブレットを隠すように強く抱きしめ、愛理は首を横に振る。

真剣な表情で愛理の答えを待っていた賢悠は、綺麗に整えていた前髪を苛立たしげに掻き上げた。

「本気で俺との婚約を解消したいのか？」

賢悠が、射貫くような眼差しを向けて問いかけてくる。愛理の心を貫くような眼差しに、気持ちが揺さぶられてしまう。

「……」

無理矢理苦いものを呑み込むように、愛理は無言で頷いた。

すると、賢悠が面倒くさそうに息を吐く。

「そうか、わかった。もういいよ」

冷めた口調でそう返すと、賢悠は姿勢を直した。

そして「じゃあな」と軽く手を挙げて、戸口で待っていた専務とオフィスを出て行く。

あっさりした賢悠の態度に拍子抜《ひょうしぬ》けすると同時に、彼にとっての自分の存在の軽さを思い知らされ泣きたくなる。

世界が崩れていくような焦燥《しょうそう》感に涙ぐむ愛理は、タブレットの記事を読みふけるフリをして涙が引くのを待った。


重い気持ちのまま午後の業務を終えた愛理は、自宅のあるタワーマンションのエレベーターに乗り頬を揉む。

彼を諦めると決めたはずなのに、少し言葉を交わしただけで決心が揺らぎ、時間を巻き戻せたらいいのにと泣きたくなる。

茶会の日以降、家族は賢悠の話題に触れることはない。

両親の性格からして、愛理の判断に任せて、成り行きを見守ってくれているのだろう。

でも二人が心配してくれていることも、愛理がふさぎ込んでいる理由を察した父が責任を感じていることも伝わってきていた。

——こんな顔で帰ったら、また心配させちゃう……

そんなことを考えている間に、直通エレベーターが最上階のペントハウスに到着する。

エレベーターを降りた愛理は、どうにか気持ちを立て直して玄関ホールへ向かう。そして、玄関に揃えられている男物の靴を見て首をかしげた。

——あれ、東条《とうじょう》さんが来てるのかな？

父の靴より幾分大きく、洒落たデザインの革靴に、そんなことを思う。

東条は、ＮＦ運輸の社員だ。年の頃は三十代半ばだが、年齢に見合わぬしたたかさがあり、父が信頼を寄せている切れ者だ。

「ただいま戻りました」

そう言ってリビングに入った愛理は、室内の光景に呆然とし、肩から提げていた鞄を床に落とした。

落ちた鞄から飛び出したスマホが、カシャンと硬質な音を立てて大理石の上を転がる。

その音に、リビングのソファーにいた三人の視線が愛理に向く。

「えっ……なんで……」

落ちたスマホを気にする余裕もなく、愛理は口をパクパクさせて、ここにいるはずのない相手を指さす。

そんな愛理の様子に、彼は悪戯《いたずら》が成功した子供のように微笑んだ。そしてソファーから立ち上がり、床に落ちた愛理のスマホを拾う。

「お前は、相変わらず騒がしいな」

昼に別れ話をした賢悠が、すました顔で愛理の手を取りスマホを握らせてくれる。そして、そのついでといった感じで、愛理の頭を軽く叩いた。

ただそれだけのことに涙が出そうになる。

自然で優しい仕草。いつもなら子供扱いしていると怒りたくなるそれが、今は愛おしくてしょうがない。

「どうして、ここに……？」

愛理の問いかけに、賢悠は振り返って浩樹を見る。

「愛理もこちらにきなさい」

視線を受けた浩樹が、ソファーを示して言う。父の隣に座っていた母の恵《めぐみ》は、既に出ていた三人分のカップをお盆に載せて立ち上がった。

キッチンに向かう母も、ソファーで目頭を揉む父も、いつになく硬い表情をしている。

――もしかしたら、最後の挨拶《あいさつ》に来たのかも。

両親の表情からよくない話をしていたのだろうと想像する。

――律儀な賢悠さんらしい。

これで本当に諦めがつくと、愛理は改めて覚悟を決めた。

落とした鞄を拾い、浩樹に示された賢悠の隣に腰を下ろす。

それを見届けた賢悠は、軽い咳払いをして口を開いた。

「先ほどの話の続きですが、ウチの医療用高度画像診断装置が海外でも承認を受け、近々輸出を開始します。その搬送を、ＮＦ運輸さんにお願いしたいと思い相談に伺《うかが》いました」

賢悠の言う医療用高度画像診断装置とは、賢悠が椿メディカルに就職してから開発の指揮を執ってきた製品で、低迷していた椿メディカルの業績回復のきっかけとなったものだ。

発売後も改良を続け、ＭＲＩやＣＴ、エコーなどの画像解析の精度を上げると共に、取り込んだ画像データの特徴量を蓄積して人工知能が情報解析を行うことで病気の早期発見に役立つと国内で高い評価を受けている装置だ。

医薬品や医療機器は、国内で承認を得るのも大変だが、海外の承認を得るのはそれ以上に大変だと賢悠に聞いたことがある。

そんな海外の承認を受けた大事な装置の輸送をＮＦ運輸に任せたいとは、どういうことだろうか……

戸惑う愛理の前で、苦い顔をした浩樹が口を開いた。

「さっきも言ったことだが、君のお父さんは、ウチと縁を切りたがっている。現に君のお父さんから、婚約解消と、慰謝料という名目で融資の申し出がきているよ」

既にそこまで話が進んでいたのに、愛理にはなにも伝えずにいた両親に驚くが、その後に続いた賢悠の言葉にさらに驚くことになる。

「ええ。そして、婚約解消を保留にした上で、融資は断ったと聞いています」

「えっ？」

それはどういうことかと父を見ると、父は真面目な顔で言う。

「私は、娘の人生を金に換えるつもりはない。君たちの婚約解消を保留にしたのは、娘の判断を尊重しようと思ったからだ」

静かな口調で答えた父は、そこで少し肩をすくめて言葉を付け足す。

「子供の幸せを願わない親はいないよ。でもその幸せがどこにあるか決めるのは、愛理だ」

椿原の家が愛理を歓迎していないことは承知していても、愛理が心から賢悠と一緒にいることを望むのであれば、それを応援するつもりでいる。

そう毅然《きぜん》とした態度で告げる父に、愛理は改めて、自分の信じる道を進めと背中を押された気がした。

隣を窺《うかが》うと、賢悠が神妙な顔で頷いている。

「今回の提案は、父とは関係ありません。椿メディカルの副社長として、私がＮＦ運輸さんに求めているものは、これまで御社が築いてきた高度な輸送技術と社員の心意気です。正直、搬入までのスケジュールが非常にタイトで、今から信頼のおける確かな業者を確保するのは難しいと思っていました。しかし今のＮＦ運輸さんには、すぐに動ける確かなスタッフがいる。そう思って相談に伺《うかが》った次第です」

絵画の件で仕事が激減しているＮＦ運輸なら、確かに賢悠の依頼を受けることは可能だろう。

「仮にそうだとしても、君のお父さんはそれを認めないはずだ」

賢悠の父である昭吾は、公私混同を避けるためと、これまで一度もNF運輸に仕事を頼むことはなかった。そんな浩樹の意見に、賢悠は首を横に振る。

「この装置の責任者は私であり、これに関する全ての権限も私にあります。これは椿メディカルにとって一大事業です。輸送に関しては、なにより信頼できる業者に任せたい。リスクを最小限に抑えるためにも、是非NF運輸さんの力をお借りしたい」

躊躇《ためら》う浩樹に、賢悠は真摯《しんし》に頭を下げて返事を待っている。

「……わかった。引き受けさせていただこう」

しばらくして、グッと顎《あご》を引き背筋を伸ばした浩樹が、賢悠に深く頭を下げた。

そのやり取りを固唾《かたず》を呑んで見守っていた愛理は、ホッと胸を撫で下ろす。ところが、顔を上げた賢悠が、いきなり突拍子《とっぴょうし》もないことを口にした。

「ありがとうございます。それからもう一つ、仕事とは別に、私個人の資産からNF運輸さんへ融資を考えています」

「――――っ！」

想定外の発言に驚いた愛理は、浩樹と視線を合わせる。

「なんでそんなことを賢悠さんがするの？　なんのために？」

パニック状態で愛理が聞くと、賢悠はこともなげに返す。

「お前の婚約者で、浩樹さんを尊敬しているから」

「でもっ……」

賢悠の眼差しの強さに思わず口ごもる愛理に代わって、浩樹が口を開く。

「それこそ公私混同だ。今の状況で、君にそんなことをしてもらうわけにはいかないよ」

諭《さと》すように告げる浩樹に、賢悠は口角を片方だけ吊り上げた。

その強気な表情に、ただの善意でないことを悟る。

「先ほど伝えたことに嘘はありませんが、同時にこれは投資です。長年の付き合いがあるからこそ、私は浩樹さんの商才を知っています。窮地《きゅうち》に立たされてなお、弱気になることなく精力的に活動している貴方に、是非とも貸しを作っておきたい」

「……」

「それともNF運輸さんは、このまま信頼を取り戻す自信がないということですか？」

その言葉に、浩樹ははっきり「自信はある」と断言した。強い意志の宿った目を見れば、それが虚勢でないことが伝わってくる。

しかし浩樹が、愛理にチラリと視線を向けながら賢悠に言う。

「だとしても……だよ」

浩樹が逡巡《しゅんじゅん》しているのを察し、賢悠が真面目に問いかける。

「浩樹さんは、私を金で買ったと思っていましたか？　人の心は、金で買えると？」

まさかと大きく目を見開く浩樹に、賢悠は胸を張って言う。

「始まりがどうであれ、二藤家は私にとって、かけがえのない家族です。私にはもう、愛理さん以外の女性との結婚など考えられません」

「……」

賢悠が自分や自分の家族のことを、そんなふうに思ってくれているなんて考えてもいなかった。

彼のためには、別れた方がいいと思っていたのに、なんの躊躇《ためら》いもなく自分を欲してくれる賢悠に胸が熱くなる。

その思いは浩樹も同じだったのだろう。込み上げるもので僅《わず》かに瞳を潤《うる》ませている。

賢悠は、そんな浩樹に茶目っ気のある微笑みを向けた。

「それに愛理は、貴方の娘です。最後には必ず正しい選択をするはずですから、私としては、その日に備えて自己資産を増やしておきたいかと。是非私に儲《もう》けさせてください」

今のは、つまり……愛理は、自分の意志で賢悠と結婚する道を選ぶと言っているのだろうか。

「君には参ったよ」

そう負けを認めた浩樹は、どこか嬉しそうだ。

そして、覚悟を決めたように背筋を伸ばし、賢悠に「よろしくお願いします」と、深く頭を下げた。

「こちらこそ、ありがとうございます」

賢悠もホッと息を吐き、微笑んだ。

部屋の空気が一気に和《なご》むのを感じた。

空気につられて愛理が表情を緩めると、浩樹は詳しい話は後日オフィスでと約束し、お茶を用意すべく席を離れた母の様子を見てくると言って席を立つ。

「……な、なんで、賢悠さんはそこまでして私と……」

浩樹が部屋から出て行くと、愛理が戸惑いがちに口を開いた。だが、それを遮《さえぎ》るように賢悠に頬を摘まれてしまう。

ふぁっと、間抜けな声を上げる愛理を見て、賢悠がクスリと目を細めた。

「わかったって言っただろう」

それは婚約解消を受け入れたという意味ではないのか。

そう聞こうとしたら、賢悠が頬を摘まんでいた方と逆の手で、愛理の髪をワシャワシャとかき混ぜてきた。

「ちょっ……やめ……」

賢悠の手首を両手で掴み、どうにか彼に言い返す。

「なにもわかってないっ！　私、すごく考えて決めたのに。家のこともだけど、賢悠さんのことだって……」

あの日以来、一人隠れてどれだけ泣いたと思っているのか。それなのに、こんなにあっさり自分の決意を覆《くつがえ》されて、あの涙はなんだったのかと悔しくなる。

涙目で怒る愛理の頬に、賢悠はもう一方の手で優しく触れる。

「ありがとう」

優しい声音で囁《ささや》きながら、賢悠は人さし指で愛理の目尻の涙を掬《すく》った。そして耳元に顔を寄せる。

「でも俺を、お姫様を泣かすような情けない男にしないでくれ」

縋《すが》るような賢悠の言葉に、彼の手首を掴んでいた手が緩む。

すると賢悠は、両手で愛理の頬を挟んで言う。

「お前の本音なんて、顔を見たらすぐにわかるんだよ。どうせ父か鷺坂になにか言われて、真に受けたんだろう？」

「えっと……っ」

あっさりと言い当てられて、視線を彷徨《さまよ》わせる。

頬に指を滑らせながら、賢悠が続けた。

「それに、短冊を見たからな。その願いを叶えるには、お前が必要なんだ」

「短冊？」

「お前の書いた短冊だ」

頷いた賢悠が、愛理の頬から手を離した。

あの日、愛理が書いた短冊は一枚きりだ。

『好きな人が、幸せな結婚ができますように』

愛理の字を知る賢悠には、名前がなくてもその短冊の書き手がわかってしまったのだろう。

「結婚するなら、俺は愛理がいいよ」

さらりと零された賢悠の言葉が、愛理の胸に深く沁《し》み渡る。

「それで賢悠さんは幸せになれますか？」

その問いに、賢悠は「ＹＥＳ」と頷く。

彼との結婚を望むのは、愛理の独りよがりな幸せのように思っていたが、賢悠はそうではないと言ってくれる。

世界が一変したような不思議な思いに目を瞬《またた》かせていると、賢悠が誘うように微笑んで言う。

「婚約者として、俺と一緒に住まないか？」

突然の提案に、愛理は驚いて目を丸くした。

「どうして？」

「わからないか？」

「うん」

素直に頷く愛理に参ったと前髪を掻き上げた賢悠は、困ったような笑みを浮かべた。

「お前が思っているよりずっと、俺はお前がいないと駄目なんだよ」

「え……」

思いがけない言葉に、目を瞬《またた》かせる。そんな愛理の頬を撫でて、賢悠は愛おしげに目を細めた。

「嫌か？」

その言葉に、愛理は慌てて首を横に振る。

もう叶わないと思っていた賢悠との結婚が、目の前にあるのを感じる。賢悠は愛理の顎《あご》を持ち上げて顔を覗《のぞ》き込んできた。

「じゃあ、決まりだ」

自分を射貫く賢悠の眼差しに、これまで感じたことのないなにかを感じ取り、緊張する。

「……ぁっ」

彼の眼差しが意味するものに気付いたのは、唇を重ねられた後だった。

——こんな夢みたいなこと……

互いの唇を重ねるだけの優しい口付け。

でも、初めて彼と唇を触れ合わせた感触に、自分の世界が一変する。

二十年間ずっと、彼と一緒にいられるだけで幸せだった。でも、こうして初めて彼から求められて、それ以上の幸せがあるのだと知った。

好きな人に好きと言ってもらえる。

それは最高の奇跡だ。彼の胸に顔を寄せ、幸福を噛みしめていると、賢悠は再び愛理の顎《あご》を持ち上げ唇を重ねてきた。

「俺の側にいてくれ」

唇を離した賢悠が、そう言って愛理を強く抱きしめた。

彼の胸に頬を密着させると、彼の鼓動を感じる。その鼓動に愛おしさが込み上げてきた。

この人から離れられるわけがない。

改めてそう実感しつつ、愛理はしがみつくように賢悠の背中に腕を回すのだった。

3　二人の夜に

　その週の土曜日。賢悠は腕を組みながら片方の肩で壁にもたれかかり、せわしなくマンションに運び込まれる荷物を眺めていた。

「それ、ここにお願いします。それでこれは……あ、やっぱり違うかも……」

　よく通る愛理の声は、廊下にいても聞こえてくる。

　甘く軽やかな声というわけではないが、低すぎるわけでもない。愛理の声はいつも耳に心地よく響く。しかし今日は、落ち着きがなさすぎて面白い。

　愛理が同棲を承諾してくれた日、賢悠はそのまま彼女の両親の許可も取り付けて、週末には一緒に暮らし始められるよう話を纏《まと》めた。

　式を挙げる前に同棲を始めることを、愛理の家族に咎《とが》められるかと思ったが、賢悠が拍子《ひょうし》抜《ぬ》けするほどあっさり受け入れられた。

　もとより娘の決断を尊重する二藤家としては、二十年前から愛理を嫁に出す心構えができていたらしい。

　もともと愛理と一緒に暮らす気でいたが、ここまで性急に同棲を進めたのは、父や鷺坂を牽制《けんせい》するため。……というのが建前であることは、自分が一番よく理解している。

屈託《くったく》のない愛理の性格を愛らしいと思っていたし、結婚するなら彼女以外考えていなかったのは事実だ。

でも二十年という長い時間をかけて築いた関係は、小春日和《こはるびより》のような心地よさで、自分にとっての彼女の存在意義というものについて深く考えたこともなかった。

情けないが、突然婚約破棄を突きつけられて初めて、彼女に執着する自分の気持ちを強く意識したのだ。

そして気付いた途端、愛理を失うことを恐れて焦って同棲まで始めるのだから、我ながら情けなくなる。

この年齢になって初めて知る自分の一面に苦笑いしつつ、次々と運び込まれる荷物を眺めて、賢悠は違う意味でもう一度苦笑いを零す。

——とりあえずの日用品だけじゃなかったのか？

賢悠の価値観では「とりあえずの日用品」は、長期出張時の荷物程度の量なのだが、愛理の「とりあえずの日用品」は、なかなかの量があった。

さっきドライヤーを洗面所に持っていく愛理に「それくらいウチにもあるぞ」と声をかけたら、髪の艶《つや》を出すための性能の違いについて懇々《こんこん》と説明を受けたので、それ以降は黙って引っ越し作業を見守っている。

結婚して次期家長としての責任を担うようになるまで、好きに過ごさせてほしい——そう家族を説得して数年前から始めた一人暮らし。

でもそれはただの方便で、結婚してもすぐに家に戻る気はなかった。もともと愛理と暮らすことを見越して広めの物件を選んでいたから、彼女が使うための部屋もある。だから、彼女が越してくるだけで、すぐに同棲生活を始めることができた。

これが家族の耳に入れば、「あり得ない」「世間体が悪い」と、さぞ苦い顔をすることだろう。大騒ぎしそうな昭吾の顔を想像し、知ったことかと賢悠は内心で舌を出す。

虚栄心の塊《かたまり》である父の采配のせいで傾いた椿メディカルの業績を、ここまで回復させたのは自分だ。しかし、大学との共同研究を積極的に行ったり、新たな特許を取得したりと、どれだけ会社のために奔走《ほんそう》しようが、父にねぎらいの言葉をかけてもらったことはなかった。

椿原家の家長は、泰然と構えていて当然と思っているのなら、それでいい。

賢悠自身、父のためにしたことではなく、ただ椿原家の者として、家が落ちぶれていくのが許せないという、自己のプライドがさせたことだから。

自分で言うのもなんだが、これまで十分、家に貢献してきた。もちろん、これからも椿メディカルを盛り上げるために手を抜くつもりはない。

だから、ただ一つのワガママとして、結婚相手だけは好きに選ばせてもらう。

「……ありがとうございました。後は自分でしますので」

父がまたなにかしてきた時に、どう対処するか思考を巡《めぐ》らせていると、愛理の部屋から声が聞こえてきた。そして荷物の搬入を任せていた引っ越し業者のスタッフが部屋から出てくる。

そのまま愛理と一緒に業者を見送った賢悠が、愛理に尋ねた。

「なにか手伝おうか？」

すると、足を止めた愛理が首を大きく横に振る。

「部屋、ごちゃごちゃしてて、恥ずかしいから大丈夫」

本気で恥ずかしそうに返して、愛理は彼女のプライベートルームとした部屋へ引き返していく。

扉が閉められるのを見届けた賢悠は、一安心といった感じで息を吐いた。

そしてこの先の対策について、再び考え始める。

賢悠は敢《あ》えて、実家に愛理と結婚を前提とした同棲を始めることを伝えていない。後で、面倒事に巻き込まれることを嫌う母にだけ伝えておけば、父の耳には届かないが報告したことにはなるだろう。

それを知れば、父や鷺坂が妨害するに決まっているからだ。

賢悠が、二藤家より婚約解消の申し出があったと父から聞かされたのは、茶会の翌日のことだった。

そんなわけがない。まず最初にそう思った。

自惚《うぬぼ》れでなく、幼い頃から愛理が自分に思いを寄せてくれているという自覚はあるし、茶会の直前に二人の今後の話をしたばかりなのだから。どう考えても、そんなことがあるわけがない。

茶会の座席や、鷺坂の態度を見れば、二人の思惑は誰が見ても明らかだ。

さらに、愛理が鷺坂、昭吾と立て続けに一緒にいたと配膳司の浅井から聞かされたら、だいたいの想像はつく。

その場にいたのに彼女の心を守れなかった自分を忌々《いまいま》しく思い顔を顰《しか》めていると、愛理が自分の部屋から首だけ覗《のぞ》かせた。

「……？」

どうかしたかと、視線で問いかけると、愛理は奇妙な形に口を歪《ゆが》めて黙り込む。そんな彼女を黙って見つめること数秒、意を決したように愛理が口を開いた。

「ベッドって、持ってこなくてよかったんですよね？」

「……ああ、いらないだろ」

愛理の微妙な日本語に、賢悠が軽く肩をすくめて返す。すると、愛理の頬がわかりやすく赤くなる。

年の離れた愛理を、これまでそういう対象として扱ったことはなかった。だが、結婚前提として一緒に暮らすのであれば、当然の流れとしてセックスもすると考えていたが……

愛理にまだそこまでの心構えはなかったのなら、別に今さら焦る気持ちはない。そう伝えようと口を開きかけた時、愛理がはにかむように微笑んだ。

愛理の蕩《とろ》けるような微笑みに目を奪われ、咄嗟《とっさ》に言葉が出てこない。

「……っ」

愛理の微笑みに見とれているうちに、彼女は部屋の中に引っ込んでしまった。

「なんだかな」

反応に困り、賢悠は首を軽く揉んでリビングへ足を向ける。

愛理の表情一つで、自分の心がこれほど揺さぶられる事実に戸惑うと共に、愛理には泣きそうな顔で自分の本音を呑み込むより、ああしてずっと笑っていてほしいと思う。

正直、この二十年、一途に愛理だけを思っていたとは言えない。若い時は、それなりに他の女性と戯《たわむ》れのような関係を楽しんでいたこともある。

年が離れていたこともあり、これまで愛理のことを、妹のような感覚で大事に扱っていた面があった。

だが同棲を持ち掛けたあの日、自分を見つめる愛理の姿に愛おしさが込み上げ、抑えきれない感情から唇を重ねた。

その時、今さらながらに彼女が女性として成長していることを自覚した。

自覚したばかりの愛理への気持ちが、くすぐったくてしょうがない。

彼女への思いが本心であるからこそ、かなり強引な手段で愛理を掴《つか》まえたことに後悔はないし、彼女を幸せにするためにならどんなことでもしてみせる。

「そのためには……」

父と鷺坂を黙らせるだけでなく、今のＮＦ運輸の状況を改善する必要がある。

表情を引き締めた賢悠は、そのために自分がなにをすべきか考えるのだった。

◇　◇　◇

「どうしよう……」

引っ越し業者を見送ってから数時間後、愛理は部屋の中央で、下ろしたてのムートンのラグの上で両手をついて項垂《うなだ》れていた。

一度は婚約解消を覚悟した賢悠に同棲を提案され、そのままの勢いで引っ越しを決めた。

そこまではよかったけど、これまで実家以外で暮らしたことがないし、もちろん男の人の部屋に泊まったこともない。そのため、なにをどのくらい持っていくのが適切なのかわからず、思いつくもの全て運び込んでしまった。

その結果、十畳はある自分の部屋は物で溢《あふ》れかえっている。

――片付けているのか散らかしているのか、わかんなくなってきた……

悪戦苦闘の末力尽きた愛理は、色々と面倒になり床に仰向けで寝転がる。

頰にかかる髪を手で払いながら窓の外に視線を向けると、いつの間にか太陽は傾き、空は紫がかった薄闇に包まれていた。

正午過ぎに荷物を運び込んでから、知らぬ間に随分時間が過ぎてしまったらしい。

打ち合わせを兼ねた会食の多い賢悠が、家でろくな食事を取っていないことは知っている。

一緒に暮らすなら、自分がバランスの取れた食事を準備しようと調理器具をあれこれ持ち込んだのに、結果は、調理するどころではなくなっている。

引っ越してくるなりろくに会話もしないで部屋に引きこもり、ただ部屋を散らかした挙句、食事の準備もしない許嫁《いいなずけ》……

「賢悠さん、呆れてるよね」

呟くと、自然とため息が漏れてしまう。

子供の頃から、思いつくと後先考えず、勢いに任せた行動に出てしまうところがあった。

しかし、大人になった今は、自分の言動が本当に正解だったのかと思い返して、不安になることが度々ある。

思いつくままに行動して、収拾がつかなくなったこの部屋の状況は、そのまま自分の性格を反映しているようで情けない。

「せっかく大人の女性扱いしてもらったのに……」

指で自分の唇をそっとなぞる。初めて賢悠に口付けされた時のことを思い出し、愛おしさが込み上げる。

愛理が大学に入った頃から、月に一度はデートの時間を設《もう》けてくれるようになったが、それ以前は生活サイクルが違うこともあり、年に数回会う程度だった。

いつだって賢悠は、優しく紳士《しんし》的で、完全無欠の王子様だった。愛理は会う度にドキドキしっぱなしだったけれど、自分が彼にどう見られていたかは理解している。

彼にとって自分は、ずっと妹のような存在だったのだろう。

そんな彼が、熱っぽい眼差しで愛理を見つめ口付けをし、同棲を提案してくれた。

世界が一変した……と、大袈裟《おおげさ》じゃなく、そう思った。

せっかく彼が大人の女性として自分を見てくれたのだから、きちんと賢悠に相応《ふさわ》しい振る舞いがしたい。

でも焦れば焦るほど、どんどん迷走している気がする。

今宵《こよい》迎えるであろう彼との夜も、経験がないだけにどうしていいかわからない。

「……どうしよう」

部屋も思考も散らかっていく一方だ。それにそろそろお腹も空《す》いてきた。

情けない思いでぼんやり窓の外を見上げていると、不意に視界の端で光が瞬《またた》いた。

体を起こしてそちらへ視線を向けると、まだ昼の明るさが残る空に大きな光の花が咲くのが見えた。

その後も同じように光の花が咲いては閃光《せんこう》を散らして消えていく。

急いで立ち上がった愛理は、勢いよく部屋を飛び出し、賢悠のいるリビングへ駆け出した。

◇　◇　◇

ソファーでパソコンを操作してＮＦ運輸の情報収集をしていた賢悠は、勢いよくリビングに飛び込んできた愛理に目を丸くする。

「どうした？」

慌ててノートパソコンを閉じた賢悠の前を横切り、愛理は窓を開けてベランダに出ていく。

すぐにベランダから、愛理の「見て、見て」というはしゃいだ声が聞こえてきたので、賢悠は立ち上がってベランダに出る。すると、愛理が空を指さした。

その指先が示す方へ視線を向けると、花火が上がるのが見えた。

輝きから間を置いて、微かにドォンと空気を揺らす音が耳に届く。

「花火か……」

呟く賢悠の視線の先で、愛理が得意気な表情で振り返る。

「今から、花火を見に行きません？」

「わかった。どこでやってるか調べるから……」

そう言ってスマホを操作しようとする賢悠の手を、愛理が掴む。その行動の意味するところがわからず視線を向けると、彼女が唇を軽く尖らせて言う。

「花火が上がる方に歩いていけば、辿《たど》り着けるはず。どうせなら探しながら歩いた方が、楽しいと思うの」

わくわくを隠せないといった表情で愛理が提案してくる。出かけると決めたら、検索する間さえ待ちきれないらしい。

その姿に、愛理らしいと笑ってしまう。

「わかった。見に行こう。ついでにどこかで夕食を食べて帰ろうか」

賢悠の言葉に、愛理が嬉しそうに小さく跳ねてリビングに引き返していく。

その背中を見送りながら、ずっと昔にもこんなことがあったなと思い出した。

まだ子供だった愛理が、空に上がる花火を見つけ近くまで見に行こうと言い出したのだった。

——あの時は、マンションから出たら方角がハッキリしなくなって、結局辿《たど》り着けなかったんだよな。

マンションの高層階では見えた花火が、地上では建物の切れ目からしか見えず、方向が把握しにくかった。

それでもはしゃぐ愛理に付き合い、音を頼りにしばらく花火を探して歩いたが、最後は靴擦れができて歩けなくなった愛理をおぶって帰った。

賢悠の背中でしょげる愛理の足が、遠くで光る花火が見える度に揺れるのを、犬の尻尾《しっぽ》のようだと笑ったのは遠い記憶だ。

蒸し暑い夏の夜、子供特有の高い体温をした愛理を背負って歩くのが不思議と心地よかった。昔から、彼女の行動力が自分の原動力になっている。

自分一人なら、なんの下調べもせず、花火を見に出かけようなんて思わない。

そもそも椿原の感覚では、花火はわざわざ暑い中を出かけ、人混みで窮屈《きゅうくつ》な思いをしながら見るものではなく、桟敷《さじき》席やクーラーのきいた室内で鑑賞するものだ。

常に整えられた道を歩くのが当然と思っていた賢悠と違い、愛理はいつも感情の赴《おもむ》くまま外に飛び出していく。

好奇心旺盛《おうせい》な危なっかしい愛理を放っておけず、あれこれ付き合う度に、賢悠の世界に新しい風が吹いてくる。

昔のことを思い出していると、愛理がリビングから顔を覗《のぞ》かせた。

そして小走りでベランダに駆け戻り、小首をかしげて問いかけてくる。

「やっぱり、やめとく？」

感情の赴《おもむ》くままに行動する彼女だが、相手を思いやる気持ちも十分にある。

だからすぐ、自分の発言が不安になって、少し情けない顔でこちらの様子を窺《うかが》ってくるのだ。

――ズルいな。

きっと本人は無自覚なのだろうけど、男という生き物は、そういう顔をされると願いを叶えてやりたくなるものなのだ。

「いや。散歩がてら、花火を見に行こう」

その一言で、わかりやすく愛理の表情が輝きを取り戻す。

その表情を見ているだけで、心が解されていく。できることなら一生、彼女にはこのまま変わらずにいてほしいと思う。

「愛理」

「……？」

再びリビングへ戻ろうとしていた愛理は、不意に手首を掴まれ不思議そうに賢悠を見上げてくる。

無意識に手首を掴んでいた賢悠は、なにも言わず彼女を引き寄せ、そっと包み込むように抱きしめた。

腕の中の愛理から、フワリと彼女の纏《まと》う香水が匂い立つ。

「えっと……あの」

抱きしめた愛理から緊張が伝わってくる。

その初々《ういうい》しさが愛おしくて、腕に力を入れすぎないようにそっと愛理の背中に手を添えた。

「花火……見に行かないんですか？」

腕の中で愛理が賢悠を見上げてくる。

こちらを窺《うかが》う愛理は美しく魅力的で、しっかり掴まえておかないと、いつか彼女が自分から離れていってしまうのではないかと不安になる。

「行くよ」

そう返して愛理の額《ひたい》に口付けた。

愛理の望みは全て叶えるから、ずっと俺だけを見ていて。そんな縋《すが》るような言葉を口にするのは柄じゃない。

彼女の温もりを名残《なごり》惜しく思いつつ腕を解くと、愛理が恥ずかしそうに空へ視線を向ける。すると、新たな花火が光の花を咲かせる。

それを見た愛理の顔がぱっと輝いた。

花火が開く度に、愛理の顔も綻《ほころ》ぶ。彼女のこの表情を曇らせないためなら、自分はどんなことでもする。

だから自分の腕の中にいてくれ——そう心の中で祈り、花火に見入る愛理の手を引いて「行こう」と合図した。

◇　◇　◇

「ふぅっ」

洗面所の鏡の前、愛理は、ドライヤーをしてもまだ湿り気の残る髪を優しくタオルで揉む。

頭からタオルを被って目を閉じると、賢悠と二人で見上げた花火の残像が浮かび上がる。

夜空に見える花火を頼りに、賢悠と花火会場を探して歩いたが、結局は会場に辿《たど》り着くことはできなかった。それでも賢悠と二人、空を見上げながら夜の散歩をするのは楽しかった。愛理の思い付きに付き合わされた賢悠だが、特に気を悪くすることもなく、むしろご機嫌な様子で散策していた。

そして、彼が見繕《つくろ》ってくれたレストランで仲良く食事とお酒を楽しんだ。

——子供の頃にも、こんなことあったな……

ふと彼におぶわれて夜道を歩いた日のことを思い出した。

あの時も、自分が花火を見に行こうと賢悠を連れ出し、今日のように目的地に辿《たど》り着くことができなかったのだ。

相変わらずな自分を情けなく思う部分もあるけど、昔と違って一緒に楽しめた分だけ、少しは成長したのだと自分を慰《なぐさ》めておく。

――ずっと、同じままなんてことはないんだよね。

ここしばらくの賢悠との関係の変化を考えると、特にそう思う。

この日がくるのをずっと待っていたはずなのに、彼の瞳に今までとは違う熱を感じ、優しく触れられる度に、心が落ち着かなくなる。

今まで知らなかった顔を覗《のぞ》かせる賢悠に、愛理の中にも自分の知らない感情が芽生え始めているのを感じる。

これまで賢悠に対する思いは、ふわふわ甘い砂糖菓子のような感覚だったけど、今は自分の中にジリジリと心を焦《こ》がすような熱が疼《うず》くのを感じていた。

下腹部を中心に生まれるこの未知の熱の正体を、愛理も年相応の知識として理解している。

だからこそ、この後のことを想像して緊張してしまうのだ。

彼の新たな一面を見せてもらうのと引き替えに、自分も彼に自分でさえ知らなかった己の一面を晒《さら》すことになる。

「……」

愛理は、鏡に映る湯上がりの自分の顔を見つめる。

やけに顔が赤い。その原因が、湯上がりやお酒のせいだけじゃないことはわかっている。

彼に自分の全てを晒《さら》すことに緊張しているからだ。

化粧を落とした自分の顔は、変じゃないだろうか。

小さなソバカスや薄くなった眉毛が気になるが、湯上がりに化粧をし直すと、意識しすぎているのがバレバレのようで、それはそれで恥ずかしい。

「……調べてみようかな」

自分の悩みは皆の悩み。

許嫁《いいなずけ》でなくとも、恋人との初めての夜の過ごし方に悩むのは、皆同じなはず。ネットになら、同じような悩みを持つ人への答えが書いてあるに違いない。

そう思いついた次の瞬間、スマホをリビングに置いてきたことを思い出して落胆する。

どうしたものかと、鏡に映る自分とにらめっこしていると、ドアをノックする音が響いた。

コンコンッと、乾いた音の後、控え目な賢悠の声が聞こえてくる。

「愛理、のぼせてない？」

「大丈夫。もう出る」

そう返しつつ、備え付けの時計を確認すると、一時間近く経っていたことに気付いて慌てる。

こんなに長くこの場所を占拠していた自分を、賢悠がどう思っているのか考えると不安になってしまう。

被っていたタオルを首にかけると、愛理は急いで洗面所を出た。

「――っ」

「どうした？」

扉を開けるなり眼前に立っていた賢悠に驚き、身を硬くしてしまう。

風呂上がりだから当然だけど、夏用の薄手のパジャマで賢悠の前にいるのが頼りなくて恥ずかしい。そんな気持ちでいるせいか、視線がこれまであまり意識したことのなかった賢悠の首筋や胸元へ向いてしまう。

普段から洒落たデザインのスーツをうまく着こなしているのだから当然だが、賢悠の肩幅は広く、筋肉でほどよい厚みがある。

初めて見るわけでもないのに、彼の首や腕に浮く血管が、今日はやけに艶《つや》っぽく感じてしまう。

そんな愛理の反応に、賢悠が軽く眉を持ち上げた。

「あ……っと……あの……っ」

その先に続く言葉が出てこない。

酸欠の魚のごとく口をパクパクさせていると、大きな手のひらが愛理の頭にのった。

「お前、長風呂するタイプなんだな」

クシャリと前髪を揉む賢悠の指の感触に、愛理の心臓が激しく跳ねる。

「先に寝室行ってる」

それだけ言うと、愛理は逃げるように賢悠の横をすり抜け寝室へ駆け込んだ。

賢悠のマンションを訪れたことはあるので、寝室の場所もわかる。

でも、これまで入ったことがなかったので、扉を開けて寝室に入った途端、一気に緊張してしまう。

広い寝室の中央に置かれているダークブラウンの木製ベッドは、おそらくクイーンサイズだろう。

チェストや窓際のソファーは黒を基調にした落ち着いた色で統一されている。

マットレスや枕は滑《なめ》らかな光沢《こうたく》のある白で、かけられているカバーは、幾何学模様が織り込まれた黒。

間接照明で照らされて、マットレスと枕の白がいやに強調される。

そのことを妙に意識しつつ、ベッドの端に腰掛けた。

愛理としては、なにをどうすることが正解なのかわからない。意味もなく、ベッドに二つずつ重ねられている枕を一つ引き寄せ、それを縦に抱きしめた。

抱き寄せた枕に顎《あご》をのせて、そっと息を吐く。

「私のお風呂が長いって、誰と比べてだろう？」

冷静さを取り戻すと、さっきの賢悠の言葉が心に引っかかってしまう。

純粋に、賢悠自身の入浴時間と比べているだけかもしれない。

――でも……

自分と賢悠の年齢差や、彼がいつも自分に見せる余裕のある態度に、つい彼の慣れを邪推してしまう。

言葉で確認したことはないし、彼から明確な女性の存在を感じたこともない。それでも彼に、これまで女性経験がなかったということはないだろう。

「……」

枕を抱きしめて、愛理は大きく息を吐く。

いくら許嫁《いいなずけ》でも、正式な結納を済ませる前の彼の行動全てに口出しする権利はない。

そうわかっていても、彼には他の人に触れてほしくなかった。

だけどそんな子供じみた独占欲を口にして、彼に呆れられたり、嫌われたりするのが怖くて、自分の本音を口にしたことはない。

愛理は、枕に顔を押し付ける。

あれこれ考え、感情が空回りしてしまうのは、それだけ賢悠が好きだからだ。

——賢悠さんも、私のことをこんなふうに考えてくれることあるのかな……

もしそうなら嬉しいのに。

大きな枕に顔を埋《うず》めて目を閉じると、一気に疲労感が込み上げてくる。

食事の時のワインがきいてきたのか、半分寝ているような感覚に身を任せていると、ドアが開く気配がした。

微睡《まどろ》んだ意識のまま音の方に視線を向けると、バスローブを纏《まと》った賢悠が部屋に入ってくるのが見えた。

「えっと……お邪魔してます」

半分寝ぼけた愛理を見て、部屋に入ってきた賢悠がクスリと笑う。

「寝てた？」

「んー、寝てないよ。考え事してただけ」

寝ていたと認めるのが恥ずかしくて、曖昧《あいまい》に返事をしつつ枕をもとの位置に戻した。愛理が体を後ろに捻《ひね》っている間に、隣へ腰掛けてきた賢悠に、腰を抱かれる。

「……っ」

賢悠は右手で愛理の腰を抱きながら、左手を、枕を戻そうと伸ばしていた愛理の手に重ねる。

二人の体が密着し、夏用の薄いパジャマ越しに賢悠の体温や筋肉質な胸の感触が伝わってくる。

それだけで、これでもかというほど緊張していると、髪に隠れる首筋に賢悠が顔を押し付けてきた。

「……あっ」

首元で呼吸をされると、背筋にゾクゾクとした痺《しび》れが走る。

思わずといった感じで愛理が背中を微かに反《そ》らすと、賢悠がその反応を楽しむようにまた息を吹きかけてきた。

新たに感じたゾクゾクした痺《しび》れに首を縮めてしまう。

この触れ合いの先にある行為を、女性の本能が無意識に期待していく。

「愛理、甘い匂いがする」

自分の首筋に顔を埋《うず》めて賢悠が囁《ささや》く。

彼が醸《かも》し出す色気に、このまま流されてしまいそうになる。そんな自分にブレーキをかけて、愛理は問いかけた。

「賢悠さんにとって、私は特別な存在ですか？」

以前、お前がいないと駄目だと、言われたことはある。

でもその言葉が、彼の心でどの程度の重みのある言葉なのかわからない。

賢悠にとって「いないと駄目」と「愛している」が同じ重みなのか、確かめる勇気はない。それでも、この先に進むためには、少しでも自分が特別な存在であるのだと実感したかった。

微かに震えるほど緊張して彼の言葉を待っていると、賢悠がそっと笑うのを感じた。

「出会った時から、お前は俺にとって特別な存在だよ。たった五歳の女の子にプロポーズされた俺の気持ち、考えたことがあるか？　愛理が真っ直ぐに俺を欲しいと言ってくれた。あの日からずっと、俺にとってお前は特別だよ」

「そうなんだ……よかった」

「バカだな」

呆れるような彼の息遣いに、脳にふんわり甘い霞《かすみ》がかかる。

「……っ」

「愛理に、触っていい？」

そう囁《ささや》く賢悠が左手を動かし、愛理の左腕を撫で上げていく。

パジャマが捲《まく》れ上がり、露《あら》わになった腕に賢悠の指が這《は》う。その動きに息が詰まりそうなほど緊張していると、賢悠が少し掠れた声で「嫌か？」と、確認してくる。

――ズルい……

こうしているだけでも緊張で窒息しそうなのに、賢悠にそう言われては拒《こば》めるはずがない。

沈黙を肯定のサインと受け取った賢悠が、愛理の左腕に這《は》わせていた手で彼女の肩を撫で僅《わず》かに力を入れて自分の方へ向かせる。

そうして向き合った賢悠は、愛理の知らない眼差しをしていた。

「あっ……」

細められた切れ長の目は、しなやかに獲物に迫るネコ科の獣のようだ。

鼻先が触れそうな距離で熱い視線を向けられると、その整いすぎた彼の容姿に魅了され息を呑む。

いつもと違う彼の眼差しに不安を感じながらも、甘美な緊張が全身を包んでいく。

ただ視線を重ねているだけで、鼓動が加速して落ち着かない。

無言で視線を重ねること数秒、先に動いたのは賢悠だった。

「っ……」

愛理の腰に回した腕に力を込め、肩を掴んでいた手で顎《あご》を持ち上げられる。そのまま、賢悠が唇を重ねてきた。

湯上がりの少し熱い賢悠の唇は、初めての、ただ触れるだけの軽い口付けとはなにかが違う。

本能的な部分でそれを感じ取り、思わず首を反《そ》らして彼の唇から逃れる。だけど、すぐにまた賢悠の指に顎《あご》を捕らえられてしまった。

「こら、逃げるな」

子供を窘《たしな》めるような優しい声色に、脳が毒され、彼に全てを委《ゆだ》ねたくなる。

愛理の緊張が緩み、力が抜けると、賢悠は彼女の顎《あご》を引き寄せ、二度三度と唇を求めていく。

今度のそれは、愛理の緊張を解すような優しい口付けだった。

小鳥が啄《ついば》むような口付けを、賢悠は唇だけじゃなく、愛理の頬や鼻筋にも与えていく。

徐々に愛理の緊張が解れてくると、タイミングを見計らったように、賢悠の唇が再び愛理のそれに重ねられる。

不意に戻ってきた唇に驚き、薄く開いてしまった唇の隙間から、賢悠の舌が入り込んできた。

ヌルリとした舌の感触に愛理の肩が跳ねる。するとすかさず、緊張を宥《なだ》めるように賢悠がそっと愛理の頬を撫でた。

「は……ぁっ………」

舌で歯列を舐《な》められ、重ねた唇の隙間から甘美な吐息が漏れる。

自分の口から漏れたとは思えない甘くくぐもった声に、言い様のない羞恥心《しゅうちしん》に駆られた。

なにをどうするのが正解かわからず、賢悠の背中に腕を回すとそのままベッドに押し倒された。

突然のことに驚き、思わず賢悠の背中にしがみついてしまう。

額《ひたい》に口付けられると、湯上がりの清潔な香りを強く感じる。

「愛理」

鼓膜に直接息を吹きかけるように、蠱惑的《こわくてき》な声で名前を呼ばれた。

吐息まじりの甘い声が、濃密で淫靡《いんび》な空気へと形を変えて、部屋に満ちていく。

——賢悠さんの声は媚薬《びやく》だ……

脳をくすぐるような彼の息遣いを感じながら、愛理はぼんやりと考える。

好きな人の声は、特別なものとして鼓膜をくすぐり、心に沁《し》み渡っていく。

彼に名前を呼ばれるだけで、どうしようもなく鼓動が速くなる。

「部屋、暗くして」

部屋に満ちていく甘美な空気が恥ずかしくて、小さくお願いの言葉を言った。

視線を逸らす愛理の顔を、賢悠が覗《のぞ》き込む。

「どうして？」

そう尋ねる賢悠は、既に答えを知っている顔だ。

意地悪……そう詰《なじ》りたい思いを呑み込み、愛理は躊躇《ためら》いがちに理由を口にする。

「恥ずかしい……から」

その言葉に、賢悠が優しく笑う。

「俺としては、愛理をちゃんと見て感じたいんだけどな」

「……っ」

そんなことを言われると、余計に恥ずかしくなる。

愛理は、クッと唇を噛んで再び視線を落とす。

そんな愛理の頬に温かな唇が触れた。賢悠は唇を触れさせたまま、愛理の髪をクシャリと撫でる。

「わかった。仰せのままに」

緊張と恥ずかしさでガチガチになっている愛理の髪を撫でた後、上体を起こした賢悠はベッドサイドのチェストに置いていたリモコンで照明を落とす。

「これでいい？」

そう確認しながら、賢悠は再び愛理の上に覆《おお》い被さってきた。

左腕でバランスを取りつつ、右手で愛理の顎《あご》を捕らえた賢悠が唇を重ねてくる。密着した体に彼の逞《たくま》しい腕や胸板の厚さを感じて、下腹部にジンとした疼《うず》きを覚えた。

その疼《うず》きがもどかしくて、無意識に彼の背中に回す腕に力を込めて脚を擦り合わせる。無意識に誘うような仕草をする愛理に応《こた》えるように、賢悠の舌が愛理の口内へと侵入してくる。

「は…………っ」

重なる舌の感触に、思わず熱い吐息が漏れる。

自分から漏れる無意識の吐息が恥ずかしい。

賢悠は、愛理の吐息ごと貪《むさぼ》るように唇を合わせてくる。

照明を落としても、完全な暗闇になったわけではない。

カーテンの隙間から入り込む月光や、部屋の隅に置かれた間接照明が、彼の姿をぼんやりと浮かび上がらせる。

さすがに彼の細かい表情まで確認することはできない。でも、間近から愛理を見つめる野性的な輝きを帯びた眼差しを意識してしまう。

そして、視界が不明瞭になったからこそ、彼の息遣いや肌の温もりを強く感じる。

だからと言って、明かりをつけた状態で行為に及ぶなんて……

「くぅ……っ………っ」

唇を強く押し付けられ、挿入された舌で口蓋《こうがい》をくすぐられる。恥ずかしいのに、熱い吐息が漏れるのを抑えられない。

口付けに酔って思考は鈍るのに、神経は逆に敏感になっているような気がする。

左腕で調整をしてくれても、重なった彼の重みで身動きすることもできない。

初めての激しい口付けに呼吸のタイミングがわからず、酸欠で頭がぼんやりしてくる。

賢悠の背中に回していた愛理の手が脱力するのを感じたのか、賢悠は頬に添えていた手を離して口付けを解く。

そうして顎《あご》のラインを撫でるように手を動かし、首筋から鎖骨の窪《くぼ》みを撫で、少しずつ手を下げていく。その手に胸の膨らみを鷲掴《わしづか》みにされ、一度は脱力した手に再び力が入る。ベッドの外に出ている脚が自然と跳ねた。

微かな明かりの中、賢悠が笑みを漏らすのが、すぐ近くから伝わってきて恥ずかしい。

愛理の素直な反応を楽しむように、賢悠の右手が彼女の胸を揉みしだいていく。

薄いパジャマ越しに、愛理の胸の膨らみを捏《こ》ね回す。ふっくらとした愛理の胸が、賢悠の指の動きに合わせて形を変えていく。

心臓の鼓動が驚くほど加速している。きっと手のひらから彼にも伝わってしまっているだろう。

彼に胸を揉まれていることが堪《たま》らなく恥ずかしい。

堪《こら》えきれずに漏らした甘い声を、賢悠の唇に掬《すく》い取られた。

「……あはぁっ…………く……ぅっ」

賢悠の体の下で甘い息を漏らしながら、手足を動かし抵抗にもならない抵抗を繰り返す。

息苦しさからもがくように舌を動かすと、彼の唾液が自分の中へ流れ込んできた。

好きな人の唾液が自分の中へ入ってくる感覚に、さらなる緊張と羞恥心《しゅうちしん》が込み上げてきて、息をすることとさえ躊躇《ためら》ってしまう。

その間も、賢悠は巧みに舌を動かし、愛理の舌を撫でながら右手で胸を弄《もてあそ》ぶ。

重力に従い流れる胸を、掬《すく》い上げるようにして持ち上げ、先端の尖りを指の先で転がす。

「……ふぁ……っ！」

賢悠に与えられる刺激に、愛理は背中を反《そ》らして高い声を上げた。

その拍子《ひょうし》に重ねられていた唇が離れると、賢悠は自分の唇を愛理の胸の尖りへと移動させた。

「やぁっ……っ」

薄く滑《なめ》らかな布越しに彼の舌の熱を感じて、愛理の体に緊張が走る。

賢悠はそのまま舌を動かし、愛理の胸の先端をころころと転がした。

布越しに感じる舌の動きは、あまりに艶《なま》めかしく、愛理はビクリと体を震わせた。

「気持ちいい？」

指で胸の尖りを撫でた賢悠が、愛理の目を覗《のぞ》き込んで確認してくる。

薄闇に浮かぶ賢悠の目は、雄の情欲に満ちている。その眼差しから逃れるように愛理は視線を逸らした。

「知らない」

胸の先端が、いつの間にか随分硬く尖っていることに驚く。そこを刺激されると、体の奥がムズムズしてくる。その感覚が意味することは、経験のない愛理にはわからない。

愛理の答えに、賢悠は彼女の首筋に顔を寄せて囁《ささや》いた。

「じゃあ、これが気持ちいいことだって教えてやる」

低く鼓膜をくすぐる声に、愛理の肌がゾクゾクと震える。

愛理の体が緊張で強張《こわば》るのを感じ取ったのか、賢悠は上体を起こして愛理から体を離した。

「……ぁっ！」

賢悠の体温が離れたことを寂しく思った次の瞬間、愛理は背中と膝の裏に腕を滑り込ませた賢悠に抱き上げられ、ベッドの中央へ移動させられた。

動いたことで、賢悠のバスローブはかなりはだけて、愛理のパジャマも捲《まく》れ上がって腹部が露《あら》わになっている。

「賢悠……さん」

消え入りそうな弱い声で名前を呼ぶと、覆《おお》い被さってきた賢悠に口付けで返された。

そうしながら、彼は挨拶《あいさつ》のように剥《む》き出しになった愛理の華奢《きゃしゃ》な腰を撫で、その手を愛理のパジャマの胸元へと移動させていく。

「緊張している？」

優しい声で尋ねられ、愛理はコクリと小さく頷いた。

「俺もだよ」

色気を感じさせる余裕たっぷりの声で囁《ささや》く賢悠が、男性的な長い指で愛理のパジャマのボタンを外していく。

愛理の肌が露《あら》わになることで、肌に直接賢悠の体温を感じる。

「……っ」

そっと名前を呼ばれるだけで心が震え、子供の頃から好きだった人に女性として扱われていることが嬉しくなる。

「愛理……好きだよ。大事にする」

素肌に感じる賢悠の肌の温もりに、愛おしさが込み上げてきた。

愛理はそっと瞼《まぶた》を閉じて体の力を抜く。

パジャマのボタンを全て外し終わると、賢悠は体を起こした。微かに感じる衣擦れの気配から彼がバスローブを脱いだのだとわかる。

そうして再び、賢悠の手が愛理のパジャマの襟元《えりもと》に触れた。

パジャマを脱がそうとする彼の動きに合わせ、愛理が体を動かす。パジャマの上を脱がされると、すぐに素肌の賢悠の体が重なってきた。

緊張で微かに震える愛理の体に寄り添うように肌を重ね、賢悠は優しい手つきで彼女のズボンやショーツも脱がしてしまう。

素肌を重ねるのはひどく恥ずかしいけれど、一糸纏《まと》わぬ姿の自分を見られる方がもっと恥ずかしい。

だからつい、愛理の方から賢悠にしがみついてしまった。

「大丈夫。怖いことはしないよ」

甘く囁《ささや》かれ額《ひたい》に口付けをされると、体の奥がキュンと疼《うず》く。

胸ではなく腹部の奥の方が疼《うず》くという初めての感覚に、愛理は小さな戸惑いを覚えた。

その疼《うず》きを持て余していると、賢悠の唇が愛理の胸の尖りに触れる。

「あぁ……あっ」

ジュッと湿った音を立てて胸の尖りを吸われると、息が止まりそうな衝撃を受けた。

さっきパジャマ越しに胸を触られたのとは比べものにならない刺激に、愛理は喉を反《そ》らして甘美な喘《あえ》ぎ声を漏らす。

賢悠はそんな愛理の反応を楽しむように、口内に含んだ胸の尖りを前歯で甘噛みし、舌で転がしてくる。

「やんっ」

その刺激に驚き、愛理が腕に力を込めて賢悠の胸を押す。でもそんな些細《ささい》な抵抗は意味をなさず、賢悠は右手だけで愛理の両手を掴み頭上に押さえ込んだ。

それにより微かに背中が反《そ》り、相手に胸を差し出すような姿勢になってしまう。

そうやって愛理の抵抗を防いだ賢悠は、ゆっくりと愛理の胸を堪能し始める。

水音を立てながら胸を吸われたかと思うと、乳輪の縁をなぞるように舌を這《は》わされ、胸の膨らみを甘噛みされる。

「あぁぁぁっ……やぁ……っ」

ジュジュッと、音を立てて胸の尖りを吸われ、舌で飴を転がすようにして胸をしゃぶられると、体の奥の疼《うず》きが強くなっていく。

ピクピク体を跳ねさせ喘《あえ》ぐ。賢悠は愛理の両手首を左手で持ち直し、右手を愛理の乳房に這《は》わせた。

――……っ！

右胸に触れる賢悠の手の感触に、愛理はクッと息を呑んだ。

胸の膨らみに優しく触れられただけなのに、胸の奥深い部分を掴まれた気がしてしまう。

右手で愛理の左胸を優しく揉みながら、舌で右胸を愛撫《あいぶ》される。左右異なる刺激がもどかしい。

薄く目を開け賢悠へ視線を向けると、微かな明かりの中で自分の胸の尖りが彼の唾液を纏《まと》って艶《なま》めかしく光っている。

ひどく淫靡《いんび》な光景に愛理が体を動かすと、視線に気付いて顔を上げた賢悠と目が合う。

薄闇の中、賢悠の目が妖《あや》しく光るのを感じる。彼は見せつけるように舌を出して愛理の胸の尖りをしゃぶり始めた。

「やぁっ」

こちらの羞恥心《しゅうちしん》を煽《あお》るような舌の動きに、くぐもった甘い声が出てしまう。

そんな愛理の声を楽しむように、賢悠は愛理の胸の尖りを唇で挟み、軽く引っ張って見せた。

ずっと年上の賢悠が、甘えるように自分の胸を舐《な》めしゃぶっている。その姿に愛理は、初めて女性としての充足感を覚えた。

賢悠はもう一方の乳房にも丁寧に舌を這《は》わせ、先端を吸い上げる。彼は優しく揉んだり吸ったりして、愛理の胸を堪能していく。

恥ずかしいのに嬉しい。

すごく恥ずかしいのに、もっとしてほしい。

そんな統一性のない感情を持て余して彼から顔を逸らすと、賢悠の唇が胸を離れた。

愛理の胸を解放した賢悠の口が、顔を逸らしたことで露《あら》わになった愛理の首筋をじゅるりとしゃぶる。

淫欲に湿った舌が自分の首筋を這《は》う感覚に、愛理の背筋を甘い電流が貫いていく。

「あぁ……ッ……ぁあっ」

「感じる？」

耳元でそう囁《ささや》かれても、恥ずかしくて返事ができない。

すると賢悠が愛理の脚の間に膝を割り込ませ、強く体を密着させてくる。

彼の逞《たくま》しい胸板に自分の乳房が押し潰されるのと同時に、下腹部に彼の昂《たかぶ》りを感じた。

熱く滾《たぎ》る彼のものの存在に愛理の体が無意識に緊張する。それに気付いた賢悠が軽く脚を動かした。

「駄目っ！」

敏感な場所をももで擦られ、得も言われぬ感覚が愛理の体を貫く。それと同時に、脚の間にヌルリとした湿り気を感じた。

愛理の体の変化は、賢悠も気付いているのだろう。

湿った水音を立てながら愛理の耳朶《じだ》を甘噛みし、低い声で囁《ささや》く。

「愛理の体は、感じてるよ」

「――っ」

自分でもわかっているからこそ恥ずかしい。

キュッと目を閉じて唇を噛むと、賢悠は頭上でひと纏《まと》めにしていた愛理の手を放した。

一度上体を起こした賢悠は、愛理の両膝の裏に手を滑り込ませ、掬《すく》い上げるように大きく押し広げる。

驚いた愛理が行動を起こすより早く、賢悠の顔が愛理の脚の付け根へと沈んでいく。

「やぁ……っ」

彼がなにを求めているのか察した愛理が、咄嗟《とっさ》に手を伸ばして自分の秘所を守ろうとする。けれど、それより先に賢悠の唇がしっとりと蜜を零す花弁に口付けた。

――……っ！

自分でも触れたことのない陰唇に、愛する人の唇が触れている。

敏感な場所を舐《な》められ、愛理の指が賢悠の髪をクシャリと掴む。

「き……汚いから……駄目っ」

クッと喉を引き攣《つ》らせて訴える。そんな愛理を、賢悠が優しい声で宥《なだ》める。

「汚くないし、もっと濡らさないと愛理が痛いよ」

自分が処女であることを見抜かれているのは恥ずかしいが、このままだと痛いと言われると拒《こば》むのも怖くなる。

顔を上げた賢悠は、そんな愛理の手を取りその甲に口付けをすると「拒《こば》んじゃ駄目だ」と、優しく諭《さと》して彼女の頭の上で押さえた。

「拒《こば》まないで、大事に抱くから。だから俺のことを、ちゃんと感じてごらん」

賢悠は、そう言葉を重ねて愛理の頬を優しく撫でた。

押さえ付けた手はすぐに放されたけれど、心は賢悠の言葉に縛られてしまう。

抵抗をやめた愛理に微笑み、賢悠がゆるゆると顔を下げていく。

賢悠の舌が、首筋から胸の谷間を這《は》い、臍《へそ》の窪《くぼ》みを舐《な》める。その刺激に愛理の腰がピクリと震えるけれど、その行動を止めることはできない。

「……ふぁぅ……ぁっ」

未知の快感を前に、愛理は両手を組み合わせて親指を噛んで腰をわななかせる。

そうしている間にも賢悠は愛理のももに腕を絡めるようにして、再び彼女の股を押し広げる。そして男性的な長い指で彼女の花弁を開き、滲《にじ》み出る蜜を舌先で掬《すく》った。

両手で陰唇を広げられると、今まで秘されていた場所に空気が触れる。

舌で、ぱくりと開いた陰唇を舐《な》めると、愛理の体がビクビクと跳ねた。

「はぁっ」

全身を貫く甘美な痺《しび》れに愛理が声を震わせると、その声に気をよくしたのか、賢悠はそのまま舌を動かす。

柔らかな彼の舌が、緊張で強張《こわば》る愛理の体を解すようにヌルリと蠢《うごめ》く。

その刺激に反応して、愛理の体の奥深い場所にツキンと痛みが走った。

子宮を締め付けるような感覚が怖くて、逃れようと腰をくねらせる。しかし、賢悠の腕が絡みついていて逃げることもできない。

「そうやって体が震えるのは、愛理が感じてる証拠だよ」

未知の体験に緊張する愛理に賢悠が優しい声色で告げる。

彼に触れられ体が熱く痺《しび》れるこの感覚が、感じているということなのだろう。

でもそれを認めることが、不慣れな愛理にはできない。

愛理の葛藤を察したのか、賢悠は愛理の返事を待つことなく、彼女の秘裂に指を這《は》わせた。ヌルリとした粘着質な液を絡めて蠢《うごめ》く彼の指の動きに、愛理の膣に再びツキンと痛みが走る。

秘裂を上下に撫でていた指が硬く尖った肉芽を掠めた瞬間、愛理は踵《かかと》をシーツに滑らせ腰を大きく跳ねさせた。

「濡れてるけど、まだ足りない」

呟く彼の息遣いを、秘すべきその場所で感じてしまう。愛理の陰唇が呼吸するようにヒクリと蠢《うごめ》くと、賢悠は薄く笑い再び顔を寄せてきた。

その息遣いに刺激され、自分の中からトロリと愛液が滴《したた》るのがわかって恥ずかしい。

脚の付け根に顔を埋《うず》めていた賢悠は、姿勢を戻し愛理に寄り添うと、その額《ひたい》に口付けを落とし左腕で背中を抱きしめる。

自分の体を包み込む賢悠の体温に愛理がホッと息を吐く。賢悠は愛理を抱きしめたまま、右手の指に蜜を絡め、ゆっくりと膣に沈めてくる。

「あ……ッ」

自分の中に入ってくる指の感覚に、愛理は身を硬くして息を呑む。

体はひどく緊張しているのに、蜜を絡めた賢悠の指は、難なく愛理の中へと沈んでくる。

「愛理、力を抜いて。痛かったら、ちゃんと教えて」

「んっ」

愛理がぎこちなく頷くと、賢悠の指がゆっくりと動き始めた。

愛理の膣肉を解すように、指が優しく中で孤を描く。

ゆっくりと動かしてくれているおかげか、痛みは感じない。それでも自分の内側に誰かが触れているという違和感と圧迫感に、どうしても体が強張《こわば》ってしまう。

しばらくゆるゆると動いていた指が、不意に動きを変えた。

ぐっと深くまで指を沈めたと思ったら、ギリギリまで抜き出される。完全に抜き去ることなく出し入れしながら、愛理の膣壁を揉み解していく。

自分の内側に賢悠の指が触れている。そう思うだけで、愛理の中から愛液が滲《にじ》み出てしまう。

「あぁん……ッ…………はあぁ……ふぅっ」

自分でも触れたことのない場所を撫でられる感触に、愛理の口から熱い吐息が漏れる。

熱い息を漏らす愛理に唇を重ね、賢悠は指を二本に増やしてゆっくり時間をかけて愛理の中を解していく。

「……っ！」

指が一本増えただけで、圧倒的な質量を感じてしまう。

「痛い？」

大きく肩を震わせた愛理に、賢悠が気遣わしげに問いかける。

その問いかけに、愛理は微かに首を横に振った。

徐々に慣らしてくれているおかげで、痛みというほどの痛みはない。

ただどうしようもない圧迫感があった。

自分の体を他人が支配していく感覚に、愛理は眉を歪《ゆが》めて熱い息を吐く。

「俺の指が、ここまで入ってるのわかる？」

ゆっくりと、慎重に指を動かしていた賢悠が、愛理の下腹部に口付けて囁《ささや》いてきた。

体の中で賢悠の指が微かに曲げられ、愛理の弱い場所を擦る。

「ふぁぁ……んっ……やぁ…………触っ…………ちゃ……イッヤぁ」

過敏になった神経で彼の指の動きを感じると、腰がフワフワと浮いてくるような心地よさに包まれる。賢悠に体を支配されている感覚に、思考が蕩《とろ》けて腰がわなないてしまう。

「指より舐《な》められる方がいい？」

こんな神経が高ぶった状態で敏感な場所を舐《な》められたら、どうにかなってしまう。

「舐《な》め……ちゃぁだめ……えっ」

熱い吐息で返す愛理に、賢悠が自分の指の存在を誇示するように肉襞を押し擦る。くにゅくにゅと指の角度を変えながら膣壁を刺激され、蜜に濡れた指で敏感な肉芽に触れられると、愛理の瞼《まぶた》の裏に白い光が瞬《またた》いた。

「キャッ」

小さな悲鳴を上げて腰を引くと、無意識に愛理の膣がキュッと窄《すぼ》まる。

熱く熱した肉芽に指が触れただけで、電流を流されたような衝撃を感じ、そのまま一気に脱力してしまった。

腕の中でくたりとする愛理に、指を抜き去った賢悠が問いかけてくる。

「達《い》った？」

問われても、なにもかも初めての愛理にはすぐに反応できない。

恥ずかしさに視線を逸らして唇を引き結んでいると、賢悠が愛理の頬に口付けて尋ねた。

「もう、愛理の中に入ってもいいか？」

「……っ」

賢悠が密着した腰を押し付けるように揺らしたことで、ももに触れる彼の昂《たかぶ》りを意識する。

さっきまで自分を翻弄《ほんろう》していた指よりずっと存在感のあるそれが、本当に自分の中に入るのかという不安はあるが、それ以上に彼を受け入れたいという欲求が強い。

愛理が無言のまま頷くと、賢悠は息を吐く。

「愛理っ」

愛おしげに名前を呼ばれ視線を向けると、自分に熱い眼差しを向ける賢悠と視線が重なった。

「賢悠さん」

自分の知らない男の顔をした賢悠の眼差し。

その目に映る自分も、彼の知らない女の顔をしているのだろうか。

ぼやけた意識の中、彼の目に自分がどう映っているのか気になって、彼の頬に手を伸ばす。

その求めに応《こた》えるように賢悠が顔を寄せてきた。

引力で引き合うように唇が重なり、短い口付けの後、彼の唇が離れていく。

一度体を離した賢悠はサイドテーブルから取り出した避妊具を装着すると、愛理の両ももを押し広げ、熱く滾《たぎ》る自分のものを愛理の中へと沈めてきた。

「――っ!」

自分の中に彼のものが沈み込んでくる感覚に、愛理は背中を弓なりに反《そ》らして体を強張《こわば》らせる。

さっき十分に指で解されたはずの中が、彼のものでみちみちと引き伸ばされていく。

肌が引き攣《つ》る感覚に、愛理の眉間《みけん》に皺《しわ》が寄った。

「痛いか?」

気遣わしげな賢悠の問いかけに、愛理は首を横に振った。

正直に言えば、肌を引き裂く鈍い痛みを感じている。

でもその痛みさえ、賢悠と一つになれた証《あかし》なのだと思うと愛おしい。

出会った時からずっと、彼のことが好きだった。

でもその思いは、一方通行だと思っていた。許嫁《いいなずけ》という言葉で繋がっていても、賢悠の存在をどこか遠くに感じていた。その彼が、今、自分を求めてくれている。

今にも泣いてしまいそうなほどの幸福感に胸を締め付けられ、愛理は賢悠の背中に腕を回して肌を密着させた。

「愛理、少しだけ我慢できる？」

そう聞かれて息を詰めて頷く。それでも、息遣いで感じ取るものがあるのだろう。

賢悠は愛理の頬に口付けをしてゆっくりと腰を動かしていく。

「なるべく早く終わらせるから」

詫びるような彼の声が、愛理を切なくする。

「大丈夫」

微かに上擦る声でそう訴えると、賢悠が小さく笑みを漏らした。

「初めてなんだから無理するな。慣れたら一晩中でも付き合ってもらうから」

そう囁《ささや》いて口付けをされると、愛理の胸に熱いものが込み上げてくる。

これは、二人にとって最初の交わりに過ぎないのだ。今夜の行為が終わっても、一緒に暮らしていく中で、何度でも経験することができる。

そのことに気付かされ、緊張した愛理の体から力が抜けていく。

その変化は、体を繋いでいる賢悠にも伝わったのだろう。

賢悠は上半身を起こし、愛理のももに腕を絡めて脚を大きく広げると、さっきまでより深く自分のものを沈めてくる。

「…………っ」

彼のものをめいっぱい咥《くわ》え込まされ、愛理は自分の指先が冷たくなっていくのを感じた。

痛いのに愛おしい。

苦しいのに気持ちいい。

相反する気持ちが、愛理の体を支配していく。

「……賢悠さん」

愛する人の名前を呼ぶと、賢悠の眉間《みけん》にぐっと皺《しわ》が刻まれる。

なにかを堪《こら》えるように息を吐いた賢悠は、愛理の表情を確認して囁《ささや》く。

「動くぞ」

その言葉に愛理が頷きを返した途端、賢悠が腰を動かした。

「あぁっぁぁぁっ！」

荒々しく腰を打ち付けられ、彼のものが一気に中まで沈み込む。

初めて男性を受け入れた愛理の膣は、衝撃に収縮して、賢悠のものをキュッと締め付けた。

「クッ！」

眉根を寄せた賢悠が、苦しげに息を漏らす。

腰を動かされる度に、愛理の中から愛液が溢《あふ》れ出し、彼の動きをスムーズにしていく。

浅く深く中を穿《うが》たれ、媚肉を擦られる感覚が愛理の神経を甘く痺《しび》れさせる。

「あぁ……っ……はぁっ…………ハッふぅ……あ、く……っ」

硬く滾《たぎ》った賢悠のもので奥を突かれ、愛理は熱い息を漏らす。

そんな愛理に覆《おお》い被さり、賢悠は自分の動きに合わせて揺れる胸の尖りに吸い付いた。

じゅるりと粘着質な水音を立てて乳房をしゃぶられて、愛理は首を反《そ》らし脚をばたつかせる。

「愛理、すごくいやらしい顔をしてる」

「やあっぁ」

そんなことを言われると、急に彼の視線が恥ずかしくなる。

彼の視線を遮《さえぎ》ろうと手を伸ばすと、それを窘《たしな》めるように、ことさら強く腰を打ち付けられた。

「ふぁっ……ぁ」

その衝撃に脱力する愛理が熱い息を吐くと、賢悠は彼女が漏らすその息を奪うように唇を重ねてくる。

唇を重ねた状態で激しく腰奥を突かれると、互いの胸が擦れ合う。

賢悠に与えられる全ての刺激が気持ちよすぎて、意識が朦朧《もうろう》とする。

いつか彼とこうなることを確かに夢見ていた。

でもそれは明確なビジョンを描かないぼやけた夢のようなもので、いざそうなってみると男女の交わりは愛理の体を細胞から作り替えるような衝撃を与えてくる。

彼の腰が打ちつけられる度に、愛理の腰が衝撃にわななく。

自分の全てを愛する人に支配されていく感覚が愛おしくてしょうがない。

このまま自分の全てが、彼好みに作り替えられたら幸せなのに。

そんな願望に意識を溺《おぼ》れさせながら彼の律動を受け入れていると、賢悠がいっそう強く腰を打ち付けてきた。

「けんっ……ッ」

快感が込み上げ、強く閉じた瞼《まぶた》の裏で光が明滅する。

無重力空間に投げ出されたような感覚に、好きな人の名前を呼ぶ余裕もない。

愛理が苦しげに息を吐き脱力する中、腰を打ちつける速度を速めた賢悠は自らの熱を愛理の中へと吐き出す。

薄い膜越しに彼の欲望の熱を感じ、脱力していたはずの愛理の体が一度大きく震えた。

「愛理……好きだ」

愛理の中から自分のものを抜き去ると、賢悠は愛おしげに名前を呼び、乱れた髪を優しく整えてくれる。

初めての余韻に浸《ひた》る愛理は、自分に優しく触れる賢悠の指の感触にそっと目を閉じた。

◇　◇　◇

微睡《まどろ》んでいた賢悠が目を開けると、薄闇の中に色白な愛理の寝顔がおぼろげに見えた。

肘をつき、横向きの姿勢で上半身を起こしてその寝顔を確認する。

眠る彼女の頬にかかる髪を丁寧に整えると、愛理がくすぐったそうに首をすくめた。

「愛理……」

自分の中に湧き上がってくる感情のまま名前を呼ぶと、愛理の表情が緩む。微笑む彼女につられ、賢悠もいつのまにか微笑んでいた。

かつて賢悠の胸に飛び込んで来た小さな少女は、屈託《くったく》のない微笑みを浮かべ自分にプロポーズしてきた。

クリクリとした目をした少女の唐突のプロポーズに驚いたのは、彼女の言葉にではなく、ホッとした自分がいたことにだった。

どんなに大人ぶって冷静なフリをしても、中学生の自分はまだまだ子供で、日々悪い方へと転がっていく家の内情に不安を感じていたのだろう。

そこから救ってくれた少女は、賢悠を見て心底嬉しそうに微笑んだ。

その瞬間、冷めていた自分の心に優しい風が吹き抜けた気がした。閉めていた窓が、愛理によって開かれた気がする。

どうにかして家を救いたいと足掻く思い以上に、このプロポーズを受ければ将来、目の前の彼女が自分の家族になるということに胸が高鳴った。

家族というものに落胆していた賢悠にとって、突然提示された未来が温かな灯火《ともしび》になったことを愛理は知らない。

あの日から、愛理は賢悠にとって特別な存在になった。

守りたいと思ったし、大事にしたいと思った。

長年抱いていたその思いに、新たな感情が加わり、彼女に強く自分を刻みつけたいという衝動に駆られた。

愛のない家庭で育った賢悠は、自分のこの思いをなんと呼んでいいのかわからない。

ただ、愛理を放したくないと強く思う。

「けん……ゆ……」

もぞりと動いた愛理が、微かな声で自分の名前を呼ぶ。

動いた拍子《ひょうし》に剥《む》き出しになった肩を抱き寄せると、心が温かくなった。

はっきりしない思いの中、ただ一つわかるのは、この温もりを決して失ったり壊したりしてはならないということ。

宝物のようにそっと愛理を抱きしめ、賢悠は再び微睡《まどろ》むのだった。

◇　◇　◇

瞼《まぶた》の裏で朝の日差しを感じた愛理は、鈍い倦怠感《けんたいかん》に抗《あらが》うようにして目を覚ました。

——お腹痛い……

それだけじゃなく、体の節々が軋《きし》むように痛み、肩が重い。

普段すこぶる目覚めのよい自分らしからぬ体の不調に違和感を覚えつつ目を開けると、視界いっぱいに端整な賢悠の顔が飛び込んできて驚いた。

「け……んっ」

長い睫毛《まつげ》一本一本を数えられるほど近くで彼の存在を感じて、愛理は、昨日から賢悠と一緒に暮らし出したことと、昨夜の交わりを思い出す。

視線を巡《めぐ》らして確認すれば、肩の重さの原因は、彼の腕が自分の肩に回されていることだと理解する。

昨夜のことを思い出せば、体のだるさも腹部の痛みも愛おしくなる。

「起きたか？」

愛理の動く気配に、賢悠が目を開けた。

その素早い反応から察するに、既に目を覚ましていた賢悠は、愛理が目覚めるのを待ってくれていたらしい。

「おはようございます」

自分を包む賢悠の温もりをもっと感じたくて、愛理は彼の脇腹に腕を滑り込ませて肌を密着させた。

素肌を通して彼の鼓動を感じると、息苦しさを覚えるほどの愛おしさが込み上げてくる。

キュッとしがみつくように体を寄せる愛理の背中を、賢悠の手がポンポンと優しく、リズムを取るようにして叩く。

「体、大丈夫？」

賢悠の問いかけに愛理が頷きを返すと、彼が「よかった」と、息を吐いた。

「今日の予定は？　どこか行きたいところはある？」

軽く腕を伸ばし、ベッドサイドのチェストに置かれた時計を手に取った賢悠が聞く。

「部屋の片付けの続きをします。でもその前に、夕飯の材料買いに行きたいかな」

賢悠の隣から時計を覗《のぞ》き込むと、九時過ぎを示している。

明日から仕事なので、部屋の片付けは今日中に済ませておきたい。

朝食や昼食のことを考えるなら、午前中に買い物を済ませて、午後から部屋の片付けをした方がいいだろうか。

そんなことを考えていた愛理は、こちらを窺《うかが》う賢悠の視線に気付いた。

どうかした？　と、視線で問いかける愛理に、賢悠が気まずそうに笑う。

「愛理が料理できると思ってなかった」

「……」

なかなかに失礼な意見である。

口を尖らせて睨《にら》む愛理に、賢悠は申し訳ないと肩をすくめた。

「家にお邪魔する時は、いつもお義母《かあ》さんが料理をしてたから」

愛理の母である恵は、自他共に認める料理上手である。

愛理の両親は、子供を愛することは、過保護に甘やかすことではなく、親がいなくなった後も困らないよう育てることだと考えている。その一環として、愛理は母から料理を教えられていた。

「母にしっかり仕込まれたから、一通りの料理はできますよ」

賢悠が家を訪れた際、愛理が料理をしなかったのは、キッチンに立つより賢悠と一緒にいたかったからだ。

女心がわかってないと、頬を膨らませる愛理に、賢悠がごめんと笑う。

そして愛理の機嫌を取るように、むくれる頬を指先でくすぐってきた。そんなことをされれば、いつまでもむくれていることなんてできない。

「これから毎食思い知らせるからいいです」

不機嫌さを多少残しつつ、そう言って賢悠の胸に顔を埋《うず》めた。

「楽しみにしてる」

愛理の髪を撫でて賢悠が言う。

賢悠の言葉に、幸福感が込み上げてくる。

愛理はコクリと頷き、彼に抱きつく腕に力を込めた。

すると賢悠の手が、愛理の体のラインをなぞる。

「……っ」

肩甲骨に始まり、腰のくびれや臀部《でんぶ》の膨らみ。昨日の余韻が残る肌を賢悠の大きな手で撫でられ、軋《きし》む体に熱が灯《とも》る。

そのことに戸惑っていると、賢悠は悪戯《いたずら》っぽい笑みを浮かべ、愛理の熱を誘うようにさらに手を動かしていく。

背中から臀部《でんぶ》を繰り返し撫でていた手が前へ移動し、愛理の薄い茂みに触れる。

その動きを感じ、愛理の腰がピクリと跳ねた。

「あの、また……？」

賢悠の求めることをどう確認すればいいかわからず、愛理は困り顔で問いかける。

すると賢悠がクスリと笑い、愛理の額《ひたい》に口付けた。

「昨夜の今朝じゃ、さすがに愛理が可哀想だからしないけど、触りたい」

そう囁《ささや》いた賢悠の指が、愛理の秘する場所に触れる。

「あ……ッ」

愛理から甘い悲鳴が漏れる。

昨日まで処女だったのに、彼に触れられただけでこんなに淫《みだ》らな反応をしてしまうなんて。そのことに少なからず衝撃を受けるけど、それ以上に彼に触れられることに、女としての喜びを感じた。

愛理の反応を楽しむように、賢悠は愛理の陰核をくすぐり、さらにその奥へと指を進めていく。

潤《うるお》いが足りないせいか、昨夜、初めて男性のものを受け入れたばかりのそこは、入ってきた賢悠の指に鈍い痛みを訴える。でもそれは最初だけで、すぐに甘い痺《しび》れと疼《うず》きが痛みを凌駕《りょうが》した。

そんな自分の変化に戸惑い、愛理は賢悠の背中に回す腕に力を込める。

「感じる？」

そう問いかけながら、賢悠の指は、愛理の蜜口の浅い場所を探り、蜜に濡れた指先で陰核を転がす。

彼が与えてくる刺激の一つ一つに従順な反応を示しつつ、愛理はコクコクと頷いた。

そしてそのまま愛理が腰をわななかせて達すると、賢悠は腕を解き脱力する愛理の体を解放する。

「困ったな」

ベッドに体を伏せて賢悠が唸《うな》る。

「……？」

どこか苦しげな息を漏らす賢悠に視線を向けると、こちらを向いた彼が片手で愛理の頬を撫でた。

「俺の手で感じる愛理を見てたら、したくなった」

「……えっと、その……します？」

彼の言葉に、ついそう言ってしまう。そんな自分に驚いた。

ぱちりと目を瞬《またた》いた賢悠が、フッと笑う。

「したいけど、無理をさせたくないから、夜にしよう」

その言葉に恥じらいつつも頷くと、賢悠が愛理の髪をクシャリと撫でた。

彼の手の動きはひどく優しい。そして、自分に向けられる彼の視線には、これまで感じたことのなかった艶《つや》を感じる。

——こんな賢悠さん、知らなかった。

彼の顔に見とれた愛理は、気付くと彼の前髪を撫でていた。

整髪料で整えられていない彼の髪は、柔らかでさらさらとしている。

長く一緒にいたのに、これも初めて知る。

――物語の新しいページを開いたみたいな気分。

子供の頃、よく聞かされた父の言葉を借りるなら、今自分の胸に込み上げるこの思いはまさにそんな感じだ。

新しい世界の幕開けを感じつつ、愛理は、この先一生、彼のいない時間を過ごすなんてできないと思った。

4　魔女の来訪

勤務先であるカクミの昼休み。会社近くのベーカリーショップのイートインコーナーに陣取った愛理は、向かいで砂糖をふんだんにまぶした揚げパンに噛み付く同僚の春香の表情を窺《うかが》う。

「なにか、怒ってる?」

夏期限定のココナッツカレーパンを手に、堪《たま》りかねたように愛理が問いかけると、春香がため息まじりに首を横に振った。

「目の前でカレーパンを頬張るこの小娘が、大企業の社長令嬢。……なんか納得いかない」

「小娘って……」

同い年の春香にその言われよう。

——それに、そんな顔で凄《すご》まれても……

目を細めこちらを睨《にら》む彼女の口の周りは、粉砂糖でいっぱいだ。

愛理はテーブルに備え付けられている紙ナプキンを抜き取り春香に渡し、自分の口の端を指でちょいちょいと叩く。

渡されたナプキンで唇を拭った春香は、砂糖と一緒にナプキンに付いたリップを見て顔を顰《しか》めた。

そしてその不満も上乗せした感じで、愛理に抗議する。

「だって、突然のお嬢様カミングアウトに、王子様との婚約発覚……なんにも知らされてなかった私の気持ちが、愛理にわかる？」

友人として、自分には打ち明けてほしかった。怒ると言うより拗《す》ねた口調でそう詰《なじ》られると、ただただ申し訳ない気持ちになる。

「ごめん。打ち明けるタイミングがわからなくて」

気心の知れた春香には、自分の家庭環境について話してもいいと思っていた。だけど、ある日突然、実は社長令嬢なんです、二十年来の許嫁《いいなずけ》がいます、と打ち明けても、信じてもらえない気がしたのだ。

パンを食べながら、そんなことをもそもそと謝ると、春香がクスクス笑って頷く。

「まあ確かに。言われてもきっとギャグだと思って聞き流しちゃったかも」

一度はそう納得した春香だが、すぐに怖い顔を作って愛理を睨《にら》む。

「家のことはそうだとしても、王子様と一緒に暮らし始めたことは、教えてくれてもよかったんじゃない？」

「ごめん。恥ずかしくて……」

愛理は視線を逸らして、カレーパンに齧《かじ》り付く。

春香は腕を伸ばしてテーブルを挟んだ愛理の頬を指で突《つつ》き、からかいの視線を向けてくる。

「おかしいと思ったんだよね～。急にお弁当持ってくるのやめるんだもん」

「ん……」

腕を引っ込めた春香は、今度は口の周りに砂糖が付かないよう気を遣いながらパンを齧《かじ》る。

その言葉にどう返そうかと、愛理はパンを咀嚼《そしゃく》しながら、あれこれ考えを巡《めぐ》らせる。

賢悠のマンションで暮らし始めて十日ほどが過ぎた。

最初こそごたついたが、彼のマンションで二度目の週末を過ごし、徐々に二人の生活リズムができ始めている。

その中で食事は、朝は賢悠が簡単なものを準備し、昼は互いに外で済ませて、夜は愛理が作る、ということで定着した。

結果、それまでお弁当を持参することの多かった愛理のお昼に変化が生じ、その理由を春香に追及されて今に至るというわけだ。

「愛理のお弁当って、お抱えの料理人とか、家政婦さんが作ってくれてたの？」

美味《おい》しいものに目がない春香は、たまにつまみ食いしていた愛理のお弁当を思い出しているらしい。

「まさか！　母の手作りだよ。家の食事は、普通に毎食、母が作ってる」

母を見て育ってきたから、自分もなるべく料理をしたいと思うが、仕事をしていると三食準備するのはなかなか難しい。

そうした愛理の葛藤を察してくれた賢悠が、朝昼は作らず、一緒に家で食事を取れる日だけ愛理が夕食を作ると話を纏《まと》めてくれた。

賢悠は打ち合わせを兼ねた食事会に出ることが多いので、愛理が手料理を振る舞う機会は少なそうだった。

その分、早く帰れた日は、朝のおかずになりそうな料理を作り置きするようにしている。

今日も賢悠が会食で遅くなるというので、仕事帰りに食材を買って料理を作るつもりだ。

そんなことを話しながら、冷蔵庫に残っている食材を思い出し、帰りになにを買い足そうかと考える愛理を見て、春香がため息を漏らした。

「おかずの作り置き……。もう、愛理のせいで、お嬢様のイメージが壊れていく〜。私的に、お嬢様は箸《はし》より重いものを持ったことがないって感じなのに〜」

春香が、足をパタパタさせて抗議するが、偏見極まりない。

「箸《はし》より重いって、普通に考えて、お茶碗の方が箸《はし》より重いでしょうに」

愛理としては冗談で突っ込んだだけなのに、春香は、おおっと目を大きくさせてポンッと手を叩いた。

そんな春香に笑いつつ、愛理はまた一口パンを齧《かじ》る。

ゆっくりパンを咀嚼《そしゃく》しながら、春香が思い描くお嬢様に近いのは、賢悠の母ではないかと考えた。

彼の母親である椿原まち子は、由緒正しい名家の生まれなのだそうだ。嗜《たしな》み程度に華道の師範をしており、日常的な家事のほとんどを使用人に任せている。

愛理が賢悠のために料理をすると言った時彼が驚いたのは、そうした母をずっと見てきたかららしい。

ただ賢悠に言わせると、まち子は包丁の使い方を知らないわけではなく、料理はできるが自分で作る気がないのだそうだ。

いつだったか、賢悠が「母は、どこの家に嫁いでも、その家の方針に従い、尽くせるようにと育てられた。そのせいか自己主張をしない代わりに、自分のない人になった」と、口にしていたのを思い出す。

まち子とは椿原の家を訪れた際に、たまに顔を合わせる程度だが、基本、あまり表に出ない人だった。公《おおやけ》の場に顔を出しても、夫に寄り添う奥ゆかしい人という印象しかない。

賢悠の父である昭吾にとって、それが正しい妻の姿であるのなら、自主性を尊重して育てられた愛理の姿はかなり異質に映るだろう。

愛理は、自主性を重んじてくれた浩樹の教育方針が間違っているとは思わない。何故なら、父の言う自主性を重んじる教育とは、ワガママを許すということではなく、自由にさせてもらう分それに伴う責任も負うということなのだから。

そんな父の背中を見てきた愛理には、なにかする度に「椿原の嫁に相応《ふさわ》しくない」と、眉根を寄せられることが、納得できなかった。

椿原と自分の家では、あれこれ価値観が違い、戸惑うことも多い。

好んで反発したいわけじゃないが、愛理にも譲れない価値観はある。

結婚するにも色々難しい。思わずため息を吐く愛理に、春香が「どうかした?」と、問いかけてくる。

その問いかけに、愛理はなんでもないと首を横に振って返す。

昭吾にどう思われていようと、もう賢悠と過ごす未来を手放すことはできない。

だから愛理は、自分が正しいと思う方法で受け入れてもらえるよう努力するしかない。

「頑張ろう」

自分を鼓舞《こぶ》すべく呟いた愛理は、気持ちを切り替えて食事を続けた。


その日、雑用に追われ一時間ほど残業をして会社を出た愛理は、スーパーで買い物を済ませて家路についた。

——思ったより、遅くなっちゃった。

腕時計を確認して、スーパーで時間をかけすぎてしまったと、愛理は足を速める。

——でも賢悠さん、今日は遅くなると言っていたからいいか。

賢悠の好きそうな食材を仕入れることもできたし、好きな音楽を聴きながらのんびり料理をしよう。

彼の帰りを待つ時間を有効に使おうと、愛理は前向きな気持ちでマンションのエントランスへ入った。

ホテルのような豪奢《ごうしゃ》で洗練されたロビーに待機するコンシェルジュに会釈《えしゃく》し、そのままエレベーターに向かおうとしたが、呼び止められ来客が待っていると言われた。

――来客？

愛理が賢悠と同棲を始めたことを知る人は限られているので、自分の客ということはないだろう。だとしたら、賢悠の客ということになる。

果たして、自分が対応していいのだろうか……

そんなことを考えながら、ロビーに設置されている応接コーナーに向かった愛理は、そこで待っていた二人の女性の姿に戸惑いの表情を浮かべた。

「鷺坂さんと……」

愛理の存在に気付いた初老の女性が腰を上げてお辞儀をする。

「椿原のおば様、ご無沙汰しています」

突然の来訪に戸惑いつつ愛理が挨拶《あいさつ》すると、初老の女性もとい、賢悠の母親である椿原まち子が頷いた。

同世代の人に比べて長身なまち子は、今日も品のいい着物に身を包んでいる。

賢悠とよく似た面差《おもざ》しをしている彼女だが、あまり似て見えないのは、痩《や》せて皺《しわ》の目立つ顔に覇気が感じられないせいだろうか。

「遅かったですね」

まち子の隣に腰掛けていた鷺坂は、非難めいた声で言うと、ゆっくり立ち上がった。

彼女は、愛理が手にしているエコバッグを見て、汚いものを見るように鼻筋に皺《しわ》を寄せる。

「賢悠さんは、今日は遅くなると思いますが……」

「承知しています」

冷めた声で返すのは、まち子ではなく鷺坂だ。

確かに彼の秘書である鷺坂が、賢悠の予定を知らないはずがない。だとしたら、二人が用があるのは愛理ということになる。

――あまりいい予感はしない。

そうは思うが、このままここで話すというわけにもいかない。とりあえず、二人を部屋へ案内しようとするが、鷺坂がそれを断った。

「私は、お母様をお送りしただけですのでここで」

まち子のことを「お母様」と呼ぶ鷺坂の声に、秘書の領分を超えた距離の近さを感じて不快だが、ひとまず彼女が同伴しないことに安堵する。

それではと、まち子とエレベーターホールへ向かおうとすると、鷺坂に呼び止められた。

「二藤さん、少しだけ二人で話せるかしら？」

鷺坂の口調はひどく高圧的で、拒否することを許さない雰囲気がある。

一瞬、茶会での一件が頭をよぎるが断るわけにもいかない。

まち子は、先に部屋の前で待っていると、一人でエレベーターに乗り込んでしまった。

仕方なく、愛理は鷺坂のもとへと引き返す。

「なにかご用ですか？」

警戒しつつ問いかける愛理に、鷺坂は鷹揚《おうよう》に頷き返してきた。

「そんなに警戒しなくても大丈夫よ」

硬い表情で歩み寄る愛理に、鷺坂がクククッと喉を鳴らして笑う。その意地の悪そうな笑い方が、物語に出てくる魔女を連想させた。

警戒したままの愛理に、鷺坂は衝撃的な言葉をぶつけてきた。

「副社長が今日、女性と会っていることはご存じかしら？」

「はっ？」

唐突すぎて、なにを言われたかわからない。思わず間の抜けた声が漏れてしまう。

「中島保奈美《なかじまほなみ》という旅行代理店を営んでいる女性で、副社長とは随分長い付き合いのようよ」

「……っ」

鷺坂が口にした名前に、愛理は覚えがあった。

その女性の名前は、賢悠が大学生の頃、同じゼミの仲間としてよく耳にしていた。それに、愛理と一緒にいる時、時折、彼のスマホにその名前でメールや電話がくることがあった。

そんな時、賢悠は決まって愛理から離れていく。自分には聞かれたくない話をしているのだとわかり、愛理はすごく嫌いな名前として記憶していた。

賢悠が就職してからはその名前を聞くこともなくなり、愛理も思い出すことはなくなっていたが、鷺坂が口にした名前が同姓同名の別人ということはないだろう。

戸惑う愛理に、鷺坂は口角を持ち上げて艶《つや》のある笑みを浮かべると、耳打ちをするように囁《ささや》いた。

「貴女だって、彼に他の女性がいないなんて思ってないでしょ？　それとも、お金で彼の許嫁《いいなずけ》になったお嬢様は、自分が彼にとって唯一の女性だと勘違いしているのかしら」

ククク ッと、喉を鳴らして嘲笑《あざわら》う鷺坂に、胃の底がジリジリ焼かれるような不快感を覚えた。

もちろん愛理だって、賢悠が女性の扱いに慣れていることには気付いている。

それでも賢悠は愛理を特別な存在だと言ってくれたし、自分のことを必要としてくれているのだから、彼の言葉を信じてついていくつもりでいた。

そう思っていたはずなのに、突然、彼と関係があったであろう女性の名前を突きつけられると、抑えようのない感情が沸き起こる。

――この人の言葉を鵜呑《うの》みにしちゃいけない。

こんな人の言葉より、自分を必要と言ってくれた賢悠を信じるべきだ。

頭の冷静な部分ではそうわかっているのに、心がそれに追いつかない。

鷺坂の言葉が呪いのように、愛理の心を黒く染め上げていく。

そんな心の動揺を悟られれば、きっと鷺坂の思う壺だろう。

「お話は、それだけでしょうか？」

グッと奥歯を噛みしめ、毅然《きぜん》とした態度で返す愛理に鷺坂が頷く。

「ええ。それだけよ」

それならもう、これ以上彼女と顔を合わせていたくない。

「それじゃあ……」

軽く会釈《えしゃく》し、愛理がその場を離れようとした時、鷺坂が「あっ」と声を出した。

その声に反応して振り向いた愛理を見て、鷺坂は顎《あご》を高く上げ、目を意地悪く細める。

彼女は自分の左の首筋に、長くしなやかな指を当てた。そして、どこか艶《つや》っぽさを感じさせる仕草で、耳裏から首筋へと指を這《は》わせていく。

「彼、このラインを刺激されるのが好きだから、貴女も試してみるといいわ」

「……っ！」

自分も賢悠と体の関係があると匂わせる鷺坂の言葉に、息もできなくなるほどの衝撃が走る。

「彼の相手が一人だけだとでも思っていたの？　男女の仲に幻想を抱くなんて、まだまだ子供ね」

勝ち誇ったように笑みを深める鷺坂は、動揺する愛理を鼻で笑うとその場を離れていった。

彼女の言葉が意味することを、脳が理解することを拒否している。

足下から世界が崩れ落ちていきそうな虚無感に襲われ、愛理は自分の肩を抱きしめた。

このままじっとしていたら、呪いのような鷺坂の言葉に負けてしまう。

「……いけない、椿原のおば様を待たせているんだった」

ロビーに立ち尽くしていた愛理は、急いでエレベーターホールへと足を向けるのだった。

愛理が部屋に向かうと、ドアの前に立つまち子が待ちくたびれたと言いたげに息を吐いた。

そんな彼女を先導してリビングに入った愛理は、買い物の荷物を置くために続き間のダイニングに向かった。

荷物を置いたついでに二人分の飲み物を用意してリビングに戻ると、案内した時と同じ姿勢のまま、まち子が部屋を見渡している。

「本当に、一緒に暮らしているのね」

まち子が、感情の見えない声で呟いた。

面倒くさそうに息を吐くその顔は、難しい考え事をしている時の賢悠と少し似ている。

「賢悠さんから、連絡がいってなかったでしょうか？」

てっきり賢悠が報告しているものと思っていたが、伝えていなかったのだろうか。

あの日、愛理に一緒に住むことを提案した賢悠は、その場で両親に挨拶《あいさつ》をして同棲の承諾を得ていた。同じように、自分の家族にも話を通したと思っていたのだが……

眉尻を下げる愛理に、まち子がため息を漏らす。

「本気で言ってるなんて思ってなかったの。だから主人に報告せずにいたら、鷺坂さんから報告を受けたみたいで、確かめてくるように言われたのよ」

そう話すまち子の声は、表情と同じく感情が読み取れない。よく考えたら、まち子と二人きりで話すのは、これが初めてだった。

いい機会だから、彼女とゆっくり話をしてみたい。そんなことを思いつつ、愛理は床に膝をつき、ソファーテーブルに飲み物を載せたトレイを置く。

ソファーに座ってもらおうと見上げると、まち子が愛理の名前を呼ぶ。

「愛理さん」

「はい？」

「申し訳ないけど、今すぐこの家から出て行ってください」

「……えっ」

自分を見下ろして言ったまち子の言葉に驚いて、その場に尻餅をつく。そんな愛理に、まち子が表情を変えることなく淡々《たんたん》と語る。

「夫が今回の件にひどく腹を立てて、そう言いつかってきました。二藤家の方は結婚前の同棲を気にしないのかもしれませんが、椿原の家はそうはいきません。貴女の軽率さが、どれほど椿原の家名を汚すか考えていただけなくて残念です」

「好きな人と一緒に暮らすことは、そんなに悪いことですか？」

思わず口を突いて出た愛理の言葉に、まち子は一瞬、不快そうに眉をひそめる。でもすぐに表情を整えて静かに言い返す。

「そういう問題ではなく、世間体の話をしているんです」

「でも私は……」

「家同士の話に、女の気持ちは必要ないでしょ。結婚前から男性の家に住み込むような非常識な女性を、椿原の嫁にすることはできない。それが、椿原の当主である夫の言葉です」

時代に逆行しているとしか思えない言葉を躊躇《ためら》いなく口にするまち子は、奇妙な生き物を見るような眼差しを愛理に向けてくる。

それを見た愛理は、この人は自分とは異なる価値観で生きているのだと実感した。

「そのお言葉には、従えません」

たとえそれが賢悠の両親の言葉だとしても、受け入れることはできなかった。愛理の発した言葉を拒《こば》むように、まち子は視線を落とす。

「私は主人の言葉を伝えに来ただけですから」

だから、私に反論しても無駄だという姿勢で、愛理の意見を拒絶する。

まるで価値観の違う彼女と、ここで議論してもしょうがないとは思う。それでも絶対に譲れないものがあると、愛理は胸を張って宣言した。

「私は、愛する人と一緒に暮らすことを、恥ずかしいことだとは思いません。そしてそれを理由に、この家を出ていくつもりもありません」

初めて肌を重ねた夜、好きな人が自分の料理を褒《ほ》めてくれる食卓、花火会場を探す夜の散歩……

彼と過ごした幸せな時間を、非常識なんて言葉で片付けてほしくない。

躊躇《ためら》いなく反論する愛理に、まち子が苛立った様子で口を開きかける。だが、言葉を発するより早くリビングの扉が開き、第三者の声が聞こえてきた。

「花嫁修業の一環として、愛理に一緒に住むことを提案したのは俺です。それを椿原の人間が追い出したとなれば、それこそ世間体が悪いんじゃないですか」

冷めた口調でそう言いながら、賢悠がリビングに入ってくる。

「賢悠さん……」

どうして？　と、目を丸くする愛理に、賢悠が「ただいま」と優しく声をかけた。

その言葉を聞いて、ここが彼の帰るべき場所で、自分はそんな彼の帰りを待つ存在なのだと思い出す。

「おかえりなさい」

急いで立ち上がろうとする愛理に、歩み寄ってきた賢悠が手を貸してくれた。

差し出された手を掴んで愛理が立ち上がる。すると賢悠は、彼女の腰に手を回しまち子を見た。

「父さんのお使いですか？　それとも、自分の意思でここに来ましたか？」

「……」

問いかけに答えようとしないまち子に、小さく嘆息して賢悠が言う。

「貴女たちはいつもそうです。『夫に言われてやっただけ』『言ったのは自分じゃなく妻だ』そうやって互いに責任転嫁し、自分は悪くないと安全なところにいようとする」

どこか非難めいた賢悠の言葉に、まち子が棘《とげ》のある声で返す。

「私にどうしろというの？」

そんなまち子の問いに、賢悠はそっと首を横に振る。

「貴女たちに期待しても、なにも変わらない。それはもう十分、わかっています」

冷めた声で話す賢悠は、愛理の腰に回した手に力を入れ、彼女の体を自分の方へ引き寄せる。

「貴女方二人が、俺の意思より世間体に重きを置いていることは承知しています。ですが世間体を気にすると言うなら、まずは二藤家の経営が傾いた途端に他の縁談を探すという己の行いが、どれだけ世間体の悪いものか考えてみたらどうです？」

「それはウチが悪いわけじゃないわ。そうさせる二藤家に問題があるのよ。椿原は、一代で財を成したような歴史の浅い家じゃない。だからこそ、よりよい形で椿原の血を次代へ受け継ぐ義務があるんです」

思わずといった感じで声を荒らげるまち子に、賢悠が静かな声で問う。

「そこまでして守りたい椿原の家が崩壊しかけた時、手を差し伸べてくれたのは二藤家です。その行為にどれほどの価値があるか考えたことがありますか？　あの時の融資で救われたのは、椿原の家名だけじゃない。ウチで働く社員やその暮らしもです。その恩に報いてこそ、名家の品格が保てるというものじゃないですか？」

「もちろん、お父様だって、違う形で恩を返す心づもりをしています」

うんざりといった様子で息を吐くまち子は、聞き分けのない子供を相手にしているような口調だ。

「金銭で……と言うのであれば、それができるだけの資産を回復させた、俺の意向を汲《く》んではもらえませんか？」

穏やかな口調とは逆に、まち子に向ける賢悠の眼差しは厳しい。

親子の会話とは思えないほど、親しみを感じさせない雰囲気に、言い様のない寂しさを感じてしまう。

無言のまま、賢悠と見つめ合っていたまち子が、しばらくして煩《わずら》わしげに息を吐いた。

「そんなこと、私に言ってどうなるというの？」

「どうにもならないでしょうね。だから家に帰って、父さんに俺の意見を伝えてください。どうせここにも、ただの伝言役として来たのでしょう」

冷めた声で言い返す賢悠は、まち子を見て言い足す。

「それとも、まだ俺と議論しますか？」

問いかけられたまち子は、ため息を吐いて首を動かす。

「今日は帰ります」

疲れたようにそう告げると、まち子はそのままリビングを出て行った。

「あっ……ッ」

見送りのためまち子の背中を追いかけようとした愛理だが、賢悠に腕を引かれて動きを止める。

そのまま愛理を引き寄せ胸に抱きしめた賢悠が、小さな声で謝ってきた。

「嫌な思いをさせて悪かった」

賢悠の声と重なるように、玄関で扉の閉まる音が聞こえた。

彼の体を強く抱きしめ返す愛理に、賢悠がため息と共に気持ちを吐露《とろ》する。

「家族に思うところはあっても、何百年と続く家に生まれその恩恵を受けてきた以上、俺一人の感情で家族や家名を切り捨てることはできない」

賢悠の弱音というのを、初めて聞いた。

そのことに驚きつつ、愛理は彼の背中を優しく摩《さす》る。

「私は、賢悠さんの判断を信じます。だから自分が傷付かない道を選んでください」

年下の自分が言うのも変だが、全身全霊をかけて、この人を守ってあげたいと思う。

「正しい正しくないじゃなく、俺が傷付かない道でいいの？」

不思議そうに尋ねる賢悠に、笑顔で頷く。

なにがあろうと、自分は彼の味方でいたい。

そんな思いを込めて、トントンと優しく彼の背中を叩く。愛理が刻むリズムにしばらく身を任せていた賢悠が、遠慮がちに問いかけてくる。

「俺と結婚すると、必然的にあの人たちと付き合っていかなきゃいけなくなるけど、大丈夫？」

そう言いながら背中に回された手が、愛理に離れないでほしいと訴えている気がした。

そんなことあるはずないのに、彼はなにを心配しているのだろうとおかしくなる。

「もちろん」

愛理は自分を抱きしめる賢悠の胸を軽く押し、彼と距離を取って強気な笑みを見せた。

「成金の娘ではよりよい形で椿原家の血を次代に受け継ぐことができないと言うなら、私がそうじゃないと証明すればいいんです。そうすれば、もう誰も文句は言わないし、賢悠さんの判断が正解だったってわかるでしょ？」

今は、自分になにができるかわからないけど、彼のためにならどんな努力でもしてみせる。

心の中で握り拳《こぶし》を作って強気で宣言する愛理に、賢悠の緊張が緩むのを感じた。

そのことに気をよくして、愛理は言葉を重ねる。

「それに賢悠さんと結婚したいって、最初に言ったのは私です」

その言葉に、賢悠がそっと笑う。

「そうだったな。愛理の言葉と二藤家に、二十年前のあの日、俺は救われた。それだけじゃない、俺はいつも、お前の言葉に救われているよ」

「えっ……嘘っ」

自分が賢悠の救いになっていたなんて、思ってもみなかった。

まさかと驚く愛理に、賢悠が困り顔で肩をすくめる。

「いい年した男が、八つも下の女の子の言葉に縋《すが》ってるなんて、幻滅するか？」

「それは、しないけど……」

彼ほどの人に、自分がそこまで求められているなんて思ったことがなかったのだ。

戸惑う愛理を愛おしげに見つめ、賢悠が首の角度を変える。

「愛理……」

優しい声色で名前を呼ぶ彼が、なにを求めているかはわかる。

好きな人に甘い声で名前を呼ばれ、唇を重ねられれば、条件反射のように愛理の鼓動が高まっていく。

啄《ついば》むように軽い口付けを交わしながら、賢悠の手が愛理のブラウスのボタンに触れた。同時にもう片方の手が背中に回され、ブラウスの裾《すそ》をたくし上げて素肌に触れてくる。

愛理の欲情を煽《あお》る賢悠の手の動きに、脳に甘い靄《もや》がかかっていく。

いつもの愛理なら、そのまま賢悠に身を任せ、彼の与えてくれる悦楽《えつらく》に溺《おぼ》れていたはずだ。

しかし、瞼《まぶた》を閉じて彼に身を委《ゆだ》ねようとした瞬間、鼓膜に蘇《よみがえ》る言葉があった。

——貴女だって、彼に他の女性がいないなんて思ってないでしょ？

自分を嘲《あざけ》る鷺坂の言葉を思い出し、思わず彼の体を押し返してしまう。

「……？」

距離を取られた賢悠が、視線で問いかけてくる。

「あの……そういえば、今日は誰と会ってたんですか？」

「学生時代の友人だよ。本当は食事もと誘われたんだけど、愛理が寂しがっていたらと思って、早め目に切り上げてきたんだ」

愛理の不自然な問いかけに、賢悠はサラリと返す。

何気なく返されたその答えで、鷺坂の言葉が本当なのだとわかった。

さっきまでの幸福な空気が凍り付き、愛理の世界から色彩が消えていく。

指先から力が抜けていくのを感じ、愛理は拳《こぶし》を握りしめ、賢悠を見上げた。

「……そういう気分じゃなかった？」

愛理の反応に、賢悠が苦笑してボタンに触れていた指を離す。

そのまま腰に回していた腕も解こうとする賢悠の首筋に、愛理は恐る恐る指を添えてみた。

「……」

耳の裏側から首筋へと指を這《は》わせると、賢悠がくすぐったそうに首を動かす。それでも愛理が繰り返し優しく指を這《は》わせていると、賢悠が愛理の手を取り、甲に口付けてきた。

「……そんな誘い方、どこで覚えた？」

悪戯《いたずら》をする子供を窘《たしな》めるような口調の賢悠だが、その目は微かな興奮の熱を帯びている。

色艶《いろつや》を感じさせる彼の反応に、自分を嘲笑《あざわら》った鷺坂の顔がちらついてしまう。

それを払うように彼から自分の手を取り戻すと、それが賢悠の頬に当たってしまった。

「どうした？」

叩くというほどの威力もなく頬に触れた愛理の手に、賢悠が微かに目を大きくする。

だけど、突如自分の中に渦巻き始めたこの思いを、彼に説明することはできない。

「すみません……今日は、ちょっと持ち帰った仕事があるんです」

今にも泣き出しそうな気持ちを抑え、賢悠の次の言葉を待つことなく、彼の胸を強く押してその場を離れた。

咄嗟《とっさ》に自分の部屋に入ってしまった愛理は、大ぶりなクッションを抱きしめると、床に突っ伏し、クッションに顔を埋《うず》めて叫んだ。

「嫌いッ、大嫌いッ嫌いッ嫌いッ」

その言葉が、彼に向けた言葉なのか自分に向けた言葉なのか、はたまた他の誰かに向けたものなのかはわからない。

それでも感情のままクッションに向かって言葉を吐き出していると、目から涙が溢《あふ》れてくる。

そのまま声を押し殺して泣いていると、控え目に扉をノックする音が聞こえた。

「……？」

顔を上げ、耳を澄ましていると、扉の向こうから賢悠の声が聞こえてきた。

「鞄、ここに置いておくよ。仕事するなら必要だろ」

「……んッ」

口を開けば泣いていることがバレてしまうので、ぶっきらぼうな声を返すことしかできない。

「あと、キッチンの食材、適当に片付けておいたから」

それだけ伝えると、わかりやすく足音を立てて賢悠がその場を離れていく。

仕事をすると言っておきながら、鞄も持たず部屋に駆け込んだ愛理が嘘をついていることは、賢悠も気付いているだろう。

それなのに愛理の嘘を信じたフリをしてくれる。

賢悠の優しさをありがたく思う反面、彼を信じ切れない自分が嫌になる。

情けない思いをクッションにぶつけて、愛理はそのまま泣き続けた。

◇　◇　◇

深夜、賢悠は、愛理の部屋の扉をノックする。

コンコンと乾いた音を響かせ数秒反応を待ったが、部屋の中で人が動く気配はない。

そっとノブを回し中を覗《のぞ》くと、部屋の中央に敷かれた毛足の長いラグの上に、クッションをかき集めて丸まっている愛理の姿が見えた。

——寝てるのか？

扉が開閉する気配にも反応することなく丸まる愛理は、掛け布団代わりのブランケットを頭から被っている。

ブランケットをそっとずらして顔を確認すると、目の下が赤く、瞼《まぶた》も腫《は》れぼったい。

——泣き寝入りか。

賢悠は愛理を起こさないよう優しく抱き上げる。

一瞬、愛理の眉間《みけん》に皺《しわ》が寄るが、目を覚ますまでには至らず、そのまま賢悠の胸に自分の頬を擦り寄せてきた。

自分に甘える愛理の姿に、自然と笑みが零れる。

賢悠は、眠る愛理に注意を払いながら寝室へ向かう。

「ごめん」

泣き腫らした愛理の寝顔に謝る。正直なところ、愛理の不機嫌の理由はわからずにいた。

最初は、自分のいない間に、母によほどひどいことを言われたのかと思ったが、おそらく違うのだろう。もしそうならば、母が帰った後、あんな言葉を言ってくれるはずがない。

——私は、賢悠さんの判断を信じます。だから自分が傷付かない道を選んでください。

身勝手で傲慢《ごうまん》な椿原家の仕打ちを受けてなお、愛理はそう言ってくれた。

それが賢悠にとって、どれほど尊《とうと》いことか愛理はわかっているだろうか。

息子である賢悠ですら、時代錯誤な両親のプライドの高さには辟易《へきえき》していた。

自分は家族だからと諦めて付き合っているが、もし愛理が両親と関わりたくないと思うのであれば、それを引き止めることはできないだろう。

頭ではそうわかっているが、心がそれを納得しない。

もし愛理に別れを切り出されたら、なり振り構わず彼女を引き止めようと足掻く自分の姿が想像できてしまう。

どれだけ他人に無様と笑われても、愛理を失って生きていくことなんてできない。

二十年前、真っ直ぐな眼差しの愛理にプロポーズされた瞬間から、自分の気持ちは決まっていたし、彼女を愛しく思う気持ちは日に日に増している。

一緒に暮らすようになって、まだ子供だと思っていた彼女が、既に魅力溢《あふ》れる一人の女性に成長していたことを思い知らされた。

だからつい男としての欲望のまま求めてしまい、不慣れな愛理を困らせているのかもしれない。

もしそうなら、その不安や不満もそのまま自分にぶつけてほしかった。

――一人で泣くくらいなら、詰《なじ》ってくれればいいのに……

愛理の感情の全てを受け止めて、彼女と幸せに過ごせるよう、お互いにとっての適切な距離を探していきたい。

女性に詰《なじ》ってほしいと思うなんて、自分は意外にM気質なのだろうかと苦笑してしまう。だが、一人で泣き寝入りされるよりずっといいと思ってしまった。

愛理を起こさないよう慎重な足取りで寝室に運ぶと、そっとベッドに下ろして布団をかけてやる。

「わかってやれなくてごめん」

乱れた愛理の髪を整え頬に口付けると、愛理が微かに微笑んだ。

その表情に胸がくすぐったくなり、彼女を強く抱きしめたい衝動に駆られる。

あまりに距離が近すぎて意識することはなかったが、愛理が側で笑っていてくれることが、こうも自分を幸せにしてくれるとは。今頃になって気付く自分に、我ながら呆れてしまう。

これ以上触れると、男としての欲望が抑えられなくなりそうなので、賢悠は一人寝室を後にした。

5　夏の嵐

まち子の来訪を受けた翌日。愛理は会議室のテーブルに午後の会議の資料を並べながら、唇を引き結んで遠くに視線を向けた。

今日は朝から天候が悪く、窓の外には重い雨雲が垂れ込めている。まだ雨は降っていないが、強い風が窓を震わせていた。

「顎《あご》が梅干しみたい」

一緒に会議の準備をしている春香が、自分の顎《あご》をちょいちょいと叩いて笑う。

「ごめん」

顎《あご》を摩《さす》りながら表情を解す愛理に、春香が「気圧の変化で頭痛い？　天気荒れるらしいよ」と、窓の外に視線を向ける。

それに首を横に振ると、「じゃあこっち？」と、春香は自分のお腹を撫でた。

今は昼休みの時間を半分ほど過ぎている。午後一で使う会議資料に不備が見つかり、その修正を待って会議の準備を始めた結果、昼休みに入ってもまだ準備が終わらないのだ。

上司からは時間をずらして昼休みを取っていいと言われているが、春香の体内時計は時間に忠実らしく、さっきからしきりに「お腹空《す》いた」と、言い続けている。

「これを並べたら終わりだから、あと少し」

そう春香を励《はげ》ます愛理だが、顎《あご》に皺《しわ》を作っていたのは空腹のせいではない。

――どうして私、ベッドで寝てたんだろう……

昨日、鷺坂が言ったとおりの反応を見せた賢悠に、嫉妬や怒りや嫌悪といった抑えようのない感情が湧き上がってきて、思わず彼を避けるような行動を取ってしまった。

気にしても仕方がないと頭ではわかっていても、抑え切れない感情から賢悠を責めてしまいそうになり、そんな自分が情けなくて部屋に引っ込んで泣いていたところまでは覚えている。

次に気が付いた時には朝になっていて、自分は寝室のベッドの上におり、賢悠は既にマンションにはいなかった。リビングのテーブルにあった彼のメッセージによると、共同研究をしている大学教授に会うため早く出るとのことだった。

――私と顔を合わせたくなくて、早くに出かけちゃったのかな……

見え透いた嘘をついて部屋に籠《こ》もり、夜中にベッドに潜り込んで見送りもしない。そんな自分に、賢悠は呆れてしまったのだろうか。

「……」

鷺坂の言葉を、どこまで信じていいかわからない。

愛理だって、賢悠の年齢を考えたら、これまで女性関係がなかったとは思っていないし、彼が昔から女性にモテることも承知している。

それでも今までは、深く意識したことがなかった。それはきっと、理想の王子様である賢悠に、結婚相手という現実感を持っていなかったせいだろう。

でも彼と一緒に暮らすようになって、今まで知らなかった女としての感情が自分の中に生まれた。彼に女性として扱われた途端、彼の全てを独占したくなった。

賢悠のことが好きで、彼の周りにいるだろう女性たちに対して醜《みにく》い感情が蠢《うごめ》いてしまう。

でもそんな醜《みにく》い感情に任せて嫉妬し、彼に不快な思いをさせたくないし、嫌われるのも嫌だ。

――人を本気で好きになると、自分の嫌な部分と向き合うことになるのかも……

こんな気持ちを抱えたまま彼の側にはいられないと思うから、どうにか軌道修正をしたいのだけど、恋愛経験に乏《とぼ》しい愛理にはそれがなかなか難しい。

まだ気持ちの整理はつかないけど、とにかく「ごめん」の一言くらいはメッセージを送ろうと決心する。

そんなことを考えつつ作業を進めていると、荷物と一緒に置いていた愛理のスマホが鳴った。

――賢悠さん？

お昼休みのタイミングということもあり、条件反射でその名前が思い浮かぶ。

春香に視線で詫びて、慌てて荷物に駆け寄る。そして、急いでスマホ画面を確認した愛理は、首をかしげた。

東条郁広《いくひろ》。

画面に表示されている名前は、父が信頼しているＮＦ運輸の社員だ。

賢悠とあまり変わらない年齢の彼は、早くから浩樹が目をかけていた人材で、異例の若さで戦略本部長に抜擢されたやり手だ。

父が家に招く客人の中では一番若く、愛理にとって兄のような存在で、賢悠のプレゼントを選ぶ際に相談に乗ってもらったこともある。

その際に連絡先を交換した記憶はあるが、それも愛理が学生の頃の話で、わざわざ電話をかけるような仲ではない。

――誤発信でもしちゃったのかな？

ランチタイムとはいえ平日の昼時。そう予想を立てつつ、とりあえず通話ボタンをスライドさせた。耳を澄ましながら窓の外を見ると、真っ黒な雨雲が低く垂れ込めている。わけもなく、嫌な予感がして背中にじわりと汗が浮かんだ。すると、電話の向こうから躊躇《ためら》いがちな東条の声が聞こえてくる。

「お嬢様、お父様の会社の東条ですが、わかりますか？」

そう切り出した彼の声はいつもより硬い。

「東条さん、お久しぶりです。どうかしましたか？」

どうやら誤発信ではないらしい。

だとしたら、東条が自分にどういった用事だろう……嫌な予感が大きくなる愛理に、東条は「落ち着いて聞いてください」と、前置きして話を始めた。

「社長が倒れて、先ほど救急搬送されました」

「――えっ」

思いがけない言葉に、愛理の表情が固まる。

よほど緊張した表情をしていたのか、一人作業を進めていた春香が手を止めて心配そうな視線をこちらに向けている。

「奥様と連絡がつかなかったため、お嬢様へお電話させていただきました……」

仕事中に申し訳ないと詫びつつ、東条は緊急オペを行うために手術の同意書に家族のサインが必要であることを説明し、今すぐ病院まで来られるか、迎えを手配した方がいいかなどを確認してくる。

今にも降り出しそうな空を見ながら、父が倒れたことをどこか遠くの出来事のように感じつつ、愛理は東条に必要な言葉を返していくのだった。

◇　◇　◇

昼休み、自分のオフィスでパソコンを操作していた賢悠は、無意識に人さし指でマホガニーのデスクを叩く。

それは問題に直面した時の賢悠の癖だった。

――思ったより深刻だな。

内心で唸《うな》る賢悠が見つめる先には、日本最大手の民間信用調査機関を介して入手したＮＦ運輸の経営状況に関する資料がある。

賢悠も当然、ＮＦ運輸に、美術品の搬送を巡《めぐ》る騒動によって顧客離れが起きていることは知っていた。

だが我が物顔で振る舞う鷺坂の態度や、露骨《ろこつ》なまでに態度を急変させ、強引に婚約解消へ持ち込もうとする昭吾の動きが気になり、信用調査機関を使って内情を詳しく調べてみたところ、状況は自分が思っていた以上に厳しいようだ。

裁判の流れは微妙だが、それでもＮＦ運輸が敗訴する可能性は低い。それなのに、状況はＮＦ運輸に不利な流れとなっている。美術品だけでなく、その他の精密機器を運ぶような依頼も激減しているようだ。

ひとまず起死回生の一打になればと、椿メディカルの仕事を依頼したが……

「なんだか気持ち悪いな」

呟くそれは、ただの勘でしかない。

それでも、ビジネスの世界に身を置いているからこそ違和感を覚える。

自分が抱いた違和感の理由について考えていると、オフィスの扉をノックする音が響いた。

その音に反応して視線を向けると、ノックに続いて扉が開く気配がする。

こちらの返事を待たず部屋に飛び込んできたのは鷺坂で、その後ろに本来の第一秘書である斎木守が続く。

鷺坂は、威嚇《いかく》するようにパンプスの踵《かかと》を打ち鳴らし、賢悠のデスクに大股で歩み寄る。

遠慮のないその振る舞いを止めるべく斎木が彼女の肩を掴むが、鷺坂は肩を大きく回してその手を振り解き、そのままの勢いでデスクに手を叩き付けた。

憤怒の形相《ぎょうそう》で迫る鷺坂にため息を漏らしつつ、賢悠はパソコン画面を閉じた。そんな賢悠を、鷺坂が睨《にら》む。

「イメージングプロの件を聞きました。本気で輸送をＮＦ運輸に任せるつもりですか」

こめかみに血管を浮き上がらせる鷺坂を、賢悠が不快そうに見上げた。

鷺坂の言うイメージングプロとは、ＮＦ運輸に海外輸送を依頼した医療用高度画像診断装置の通称だ。

社内でもまだ限られた人間にしか知らせていない話を、何故鷺坂が知っている？　不快感に目を細めた賢悠に向かって、鷺坂はさらに不快になる言葉を重ねてきた。

「あれは、ウチの系列企業に任せるべき案件です」

鷺坂が言う「ウチ」とは、鷺坂の家業である鷺坂汽船のことだろう。

「なにを根拠にした意見だ？」

自分の意見こそ正しいと胸を張る鷺坂の傲慢《ごうまん》さに苛立ちが増すが、その感情を抑えて問い返す。

そんな賢悠に、鷺坂は小バカにするように息を吐いた。

「今後の椿原と鷺坂両家の友好的な付き合いのために、ＮＦ運輸ではなくウチとの関係を密にするべきです」

お前は秘書の立場を理解しているのかと問いたくなるが、もとより賢悠も彼女を自分の秘書だと思っていないのだからおあいこかもしれない。

「ＮＦ運輸に業務を依頼するのは、より信頼できる業者に任せたいと考えたからだ。それは、イメージングプロの開発から海外戦略に至るまで担当してきた私の判断だ」

絵画訴訟の件を除外して考えれば、現在ＮＦ運輸以上に、貴重品輸送において損害補償の少ない会社はない。公私抜きに考えても、ＮＦ運輸に依頼するのがベストといえよう。

数字を示しながら、ＮＦ運輸に任せる理由を説明する賢悠に、鷺坂はデスクにのせていた手で拳《こぶし》を作る。

「椿原家の人間なら、世間の注目を浴びる仕事は歴史ある企業に任せるべきです。それこそが正しい判断というものでしょう？　そうやって助け合うことで、私たちは互いの信頼や伝統を守ってきたんですから」

鷺坂の言う「私たち」とは、いわゆる名家と呼ばれる家のことを指しているのだろう。賢悠に言わせたら、彼女のそんな同族意識は迷惑だ。

「現代社会において、それを癒着《ゆちゃく》と呼ぶことを知っているか？」

「それがなんです？」

くだらないことを言うなと鼻先で笑う鷺坂に、自分の父親の姿が重なって見える。

イメージングプロは、椿メディカルの資産であり、椿原の家のために好き勝手していいものではない。そんな簡単なことが、何故理解できないのだろうか。

実は自分ではなく鷺坂が、父の実子じゃないかと思わずにはいられない。

「他の件に関してもですが、最近の副社長は勝手が過ぎます。椿原の次期当主として、私がここにいる意味をもう少し理解されてはどうですか」

彼女の言う他の件とは、愛理とのことだろう。

だが賢悠にとって、愛理と鷺坂が同等であるはずがない。

それを察することなく、よくここまで傲慢《ごうまん》に振る舞えるものだ。

賢悠は、鷺坂に冷めた視線を向けて言い返す。

「君がここにいる意味も、私の仕事やプライバシーに口を出してくる理由も、私は理解する気はない。ＮＦ運輸への業務依頼は決定事項であることと共に、社長にそう伝えてくれ」

皮肉を隠さない賢悠の言葉に、鷺坂の目尻が吊り上がる。唇を引き結んだ彼女は、なにも言わずに踵《きびす》を返して部屋を出ていった。その際、邪魔だと言わんばかりに斎木の肩を突き飛ばしていく。

「申し訳ありませんでした」

体勢を整えた斎木が、彼女を止められなかったことを詫びてきた。だが、斎木にとってみれば、とばっちりもいいところだ。

「いや。こちらこそ悪かったな」

賢悠は、煩《わずら》わしげに前髪を掻き上げため息を吐く。そして、気心の知れた斎木についい愚痴《ぐち》を零してしまう。

「これまで以上に、彼女の行動は目に余るな」

最初こそそれなりに秘書らしく振る舞っていたが、化けの皮が剥《は》がれたのか、最近では随分と勝手な言動が目に付くようになった。

「副社長の妻になるという思惑が外れて、焦っているんでしょう。社長と彼女の間では、それは決定事項のようでしたから」

鷺坂の手が触れた箇所を念入りに払いながら斎木が言う。

「なんだって？」

思わず間の抜けた声を出す賢悠に小さく笑い、斎木はハンカチを取り出しながらこちらをチラリと見た。

その視線が「知らなかったんですか？」と、問いかけている。

顎《あご》を動かして先を促《うなが》すと、斎木はハンカチで指先を拭いながら口を開いた。細身で眼鏡をかけている斎木は、神経質で少し潔癖なところがある。どうやら、鷺坂に触れられた場所が不快でしょうがないらしい。

「彼女には以前、祖父である鷺坂会長が選んだ婚約者がいたのですが、ああいう方ですので、相手から愛想を尽かされ婚約破棄になったそうです」

「一度でも婚約させられた相手に同情するよ」

皮肉たっぷりに言う賢悠に、斎木は苦笑いを隠すために眼鏡の位置を調節するフリをした。

「否定はしませんが、話はそこで終わりません。そもそもその婚約は、鷺坂汽船の跡取りである兄の奥方と彼女の仲がひどく悪く、これ以上の諍《いさか》いを起こさせないために、会長がお膳立てしたものでした。会長自ら骨を折って纏《まと》めた縁談を駄目にされ、会長はかなり腹を立てているそうです」

鷺坂紫織の祖父は、会長となった今でも鷺坂家では絶大な権力を持ち、婿養子である現社長も頭が上がらないと聞く。

老年ではあるが眼光鋭く、その場にいるだけで周囲を圧倒する存在感があった。

何度か祝いの席などで顔を合わせたことのある会長の姿を思い出していた賢悠に、斎木が言葉を続ける。

「気位が高く、選《え》り好みが過ぎる彼女に激怒した会長は、今すぐ嫁に行くか、相続を放棄して鷺坂から出ていくか迫ったそうです。それで彼女は、手っ取り早く自分の自尊心を満たす男と結婚することに決めたようですね」

そう語る斎木の目が、自分を指し示す。

「鷺坂にとって副社長は、またとない理想の結婚相手だったというわけです」

「いい迷惑だ」

それが賢悠の素直な感想だった。

斎木は肩をすくめて同情の意思を示す。

「そもそも、俺には許嫁《いいなずけ》がいる」

賢悠の言葉に、斎木がため息を吐いて首を横に振った。

「だから狙われたんですよ。愛理様と婚約した経緯やお二人の年齢差を知れば、大抵の人間はこの婚約が当人の望んだものとは思わないでしょう？　それなのに副社長は、愛理様を将来の妻として扱い、敬意を払っている。つまり貴方は鷺坂に、金で手に入る従順で理想的な結婚相手と思われているんですよ」

大きな誤解だ。賢悠が愛理を許嫁《いいなずけ》として大事にしているのは、二藤家や彼女の人柄があってのこと。

「バカかっ。言っておくが……」

呆れつつ反論しようとする賢悠に、斎木は言わなくてもわかるとばかりに頷いた。

「私も、二藤家の方には好感を持っています。家柄や立場で人を見下したりすることなく、一社員でしかない私のことも対等に扱ってくださる」

人の好き嫌いがハッキリしている斎木に認めてもらえるのは、自分のことを認められるのと同じくらいに嬉しい。

口元に静かな笑みを浮かべる賢悠に対し、斎木が難しい顔で続ける。

「しかし残念なことに、鷺坂は権力あるバカだ。だからこそ、たちが悪い。鷺坂の家柄と資産なら、たとえ許嫁《いいなずけ》がいようと自分が拒絶されることはないと踏み、社長を抱き込んで会社にまで乗り込んできた。社長にとっても、二藤家との縁談は自分の失策の象徴のようなものですから、渡りに船と飛びついたのでしょうね」

「だろうな」

本当に面倒くさいと賢悠は額《ひたい》に手を当てる。

椿原の家と同程度の歴史ある旧家から嫁をもらうことも、父としては家の体面が保ててよいと考えたのだろう。

だから鷺坂の言葉に踊らされ、いつの間にか夫婦揃って彼女の言いなりになっている。そんなことにすら気付けない人間に、いつまでも企業のトップを任せておけるわけもない。

親としての敬意は払うが、会社経営は別問題だ。

厳しい顔で考えにふける賢悠に、斎木が告げる。

「社長が諸手《もろて》を挙げて鷺坂との縁組みを歓迎したことで、彼女は自分の目論見《もくろみ》どおりに事が運ぶと確信していた。ところが、婚約者の交代を知らしめるために参加した茶会の席で、予想外の恥をかかされた挙句、副社長は愛理様と同棲を始めてしまった。彼女としては大いに当てが外れて、かなり苛立ってますよ」

「本当に、いい迷惑だ」

賢悠は、あまりのくだらなさにため息を吐く。

自分勝手な都合で権力を振りかざす鷺坂と結婚する気はないし、望んでも手に入らないものがあるとわざわざ教えてやる義理もない。

父も鷺坂も、これ以上目に余る振る舞いをするのであれば排除するまで。

冷めた感情で今後の行動を考えていると、デスクに投げ出してあった賢悠のスマホが震えた。見ると画面には保奈美の名前が表示されている。

賢悠は手の動きで斎木に下がるように指示をすると、スマホの画面をスライドさせ、通話を始めた。

◇　◇　◇

職場で東条の連絡を受けた愛理は、上司に事情を説明して早退させてもらい、そのまま教えられた病院へ駆けつけた。

そして、病院で合流した東条から、状況の説明を受けた。曰《いわ》く父の浩樹は、東条と赴《おもむ》いた商談先で、突然、胸の痛みを訴えて倒れ、そのまま救急搬送されたのだという。

診断は動脈血栓症《どうみゃくけっせんしょう》。幸いにも、症状が出てから搬送までの時間が短く、詰まった血栓《けっせん》が硬くなっていなかったため、カテーテル手術で取り除けるだろうとのことだった。ただ実際手術をしてみなければわからないところもあり、場合によってはバイパス手術に切り替える可能性もあると言われた。

「お嬢様」

手術が終わるのを待つ間、スマホでカテーテル手術とバイパス手術の違いについて調べていた愛理は、遠慮がちにかけられた声に顔を上げる。

視線を向けると、六種類ほどの飲み物を抱えた東条の姿があった。

「ああ……」

視線が合うと、東条が気遣わしげに微笑みかけてくる。

人好きのする爽《さわ》やかな顔立ちの彼に、愛理もぎこちなく微笑み返す。東条は、愛理が座る席のテーブルに抱えていた缶やペットボトルを並べていった。

愛理がいるのは、手術を受ける患者の家族用の待合室だ。プライバシーを配慮してか、テーブルごとにパーティションで区切られていて、小さな丸テーブルを囲むように四つの椅子が配置されている。

今この場所には、愛理と東条しかいない。

人数と合わない飲み物の数に、不思議そうな視線を向けると、東条が困ったように目尻に皺《しわ》を寄せた。

「なにが好きかわからなかったので」

愛理の対角の椅子に腰掛け、東条が言う。

その言葉どおり、テーブルの上の飲み物は全て種類が違う。そのどれもが、普段から愛理が好みそうな味のものばかりだった。

「ありがとう」

お礼を言って、愛理が財布を取り出そうと鞄に手をかけると、東条に止められ好きなものを選ぶよう言われる。

相手は気心の知れた東条なので、もう一度お礼を言ってレモンティーを選んだ。

「仕事の方は大丈夫でしたか？」

残された飲み物の中から炭酸水を選んだ東条が尋ねる。

「ええ。ちょうど、任されていた会議の準備が終わったところだったから。今日の午後と明日は休んで問題ないって」

「お嬢様にすぐ来ていただけてよかったです。血栓《けっせん》の処置は時間との勝負になりますから」

そう話す東条がペットボトルの蓋《ふた》を捻《ひね》ると、炭酸が抜ける小気味よい音が聞こえた。

ちなみに母の恵とは、未だ連絡が取れていない。

普段からスマホを持ち歩かないので、今日も家に置いて行ったのだろう。

おそらく夕方までには家に戻ると思うから、そこでおびただしい数の着信と愛理のメッセージを見て、すぐに病院に飛んでくるに違いない。

「東条さんは、会社に戻らなくて大丈夫ですか？」

ペットボトルを口に運ぶ東条は、それを一口飲んでから頷いた。

「ご迷惑でないなら、一緒にいさせてください。手術が終わったら、状況を社に報告しなくてはいけませんから」

そう言われたら、愛理に拒《こば》む理由はない。

正直、一人で待っているのは心細いので、ついホッとしてしまう。そんな素直な気持ちが表情に出てしまったのか、東条が優しく微笑んだ。

背が高く、色素が薄い髪と肌の東条は、少し垂れぎみの二重の目が特徴的な美男子だ。

自分より年上の男性を美男子と呼ぶのもおかしいが、爽《さわ》やかな雰囲気の彼は「イケメン」より「美男子」という言葉の方がしっくりくる。

賢悠が和風のイケメンであるのに対し、彼は洋風の美男子という感じだ。

ちなみに彼の色素が薄いのは、父方の祖父がロシア系で遺伝によるものらしい。

——なんだか……

人を惹きつけてやまない賢悠とは違って、東条には人の心を和《なご》ませる独特の雰囲気があった。

そんな彼に微笑みかけられ、僅《わず》かに緊張が解れた愛理は、ぎこちない微笑みを返してペットボトルの蓋《ふた》を開けてジュースを飲む。

「そういえば、椿原様と一緒に暮らし始めたそうですね」

東条の唐突な言葉に、愛理は飲んでいたレモンティーを噴き出しそうになった。

「……なぁっ……えっとッ……」

ジュースを零すことはなかったが、動揺してむせてしまう。

——突然なにを言い出すのだ。

「大丈夫ですか？」

そんな愛理に驚き、東条が慌てて立ち上がり背中をトントンと叩いてくれる。優しいリズムで手を動かす東条が「社長に伺《うかが》いました」と、情報の出所を教えてくれた。

「よかったですね。椿原様のこと、ずっと大好きでしたものね」

背中を摩《さす》りながら、東条が優しい声で言う。

就職して忙しい時期も、賢悠は定期的に愛理に会う時間を作ってくれた。でも学生の自分と、椿メディカルの立て直しに奔走《ほんそう》する賢悠とでは流れる時間の速度が大きく異なり、会う度に自分と彼との差が広がっていくようで怖かった。

会えば不安になるのに、会いたくてしょうがない。

そんな矛盾した思いを忙しい賢悠にぶつけることもできず、彼に年が近い東条にあれこれ話を聞いてもらっていた。

それだけじゃなく、彼に子供っぽいと思われないよう、クリスマスや誕生日といった際の贈り物を選ぶのを手伝ってもらったこともあった。

なんだかんだと見守ってくれていた東条には、愛理からもっと早く報告をするべきだったと反省する。それと同時に、昨日のことを思い出して気持ちが落ち込む。

「……」

こんな時なのに、油断すると心が賢悠の方へと傾いてしまう。

自分の中に渦巻く感情を押し殺していると、背中を摩《さす》る東条の手が止まった。

「椿原様となにかありましたか？」

背中に手をかけたまま、東条が顔を覗《のぞ》き込んでくる。

その表情から、彼が本気で心配してくれているのだとわかる。

「……なんていうか、色々難しいです。たぶん、私が子供すぎるから……」

相手が東条ということもあり、つい本音を零してしまう。

賢悠との距離が縮まったのに、些細《ささい》なことで腹を立てたり不安になったりするのは、一人の男性としての彼とちゃんと向き合ったのが初めてだからだろう。

子供の頃は、お伽噺《とぎばなし》の王子様と出会ったのなら、物語そのままの素敵な恋をして幸せな結婚ができるのだと思っていた。

でも現実では、お伽噺《とぎばなし》の世界には描かれていなかった嫉妬や独占欲といった醜《みにく》い感情に振り回され、ハッピーエンドにはほど遠い。

そして愛理としては、そういった感情をうまく抑えられない自分が情けなかった。

こんな自分では、お姫様になどなれない。情けない顔をする愛理に、東条が気遣わしげな視線を向ける。

「大丈夫ですか？」

「現実は、物語のようにはいきませんね」

眉根を寄せる東条に、愛理は微笑んでみせる。

父の浩樹は、昔よく「物語のような素敵な奇跡を体験したいのなら、心震わす素敵な物語を読んだ時、ここに描かれていることが、自分にもきっと起こると信じることだよ」と話してくれたが、現実はなかなかままならない。

「喧嘩でもしましたか？」

愛理は首を左右に振ることで、それは違うと返しておく。

昨日のことは、喧嘩とも呼べない。愛理が一人で感情を爆発させて、落ち込んでいるだけだ。

「椿原様との結婚が、嫌になりましたか？」

その問いに、愛理は驚いて首を大きく横に振る。

そんなことは絶対にあり得ない。だけど、結婚は好きな気持ちだけではどうにもならないことがあるのだと知った。

賢悠を信じているのに、簡単に鷺坂の言葉に心を乱しているような自分では、彼に嫌な思いをさせてしまう。

彼に相応《ふさわ》しい存在になるために、もっと自分の心を磨《みが》かなくちゃいけない。そのために、まずは自分になにができるだろう……

思わず考え込む愛理に、東条がぽつりと呟いた。

「……私なら、好きな人にそんな顔はさせません」

その声に視線を再び東条に戻すと、彼が寂しげな眼差しを向けてくる。

「東条さんに愛される人は幸せですね」

優しく面倒見のいい東条を思い出した愛理の言葉に、東条の喉が動いた。

「お嬢様……」

東条がなにか言いかけた時、頭上から落ち着きのある声が降ってきた。

「愛理？」

聞き慣れた声に反応して見上げると、パーティションに手をかけ、こちらを見下ろすスーツ姿の男性の姿があった。

「賢悠さん……！」

思いがけない人の登場に、目を丸くして立ち上がる。それと同時に、愛理の背中から東条の手が離れた。

——どうしてここに？

彼が忙しいことは重々承知しているので、手術の結果を聞いてから連絡するつもりでいた。

驚く気持ちと、彼の顔を見たことで生まれた安堵感から、思わず駆け寄り彼のスーツの裾《すそ》を掴んでしまう。

触れると、彼のスーツが湿っているのがわかった。愛理が病院に駆けつけた時にはどうにかもっていたが、いよいよ雨が降り出したらしい。

そんな中、駆けつけてくれたのだと思うと、余計に申し訳ない気持ちになる。

表情を曇らせる愛理の背中をポンッと叩き、賢悠が東条に軽く会釈《えしゃく》してから愛理に言う。

「恵さんから電話をもらった。俺も病院にいると思ったのか、愛理は今話せる状況かと聞かれて、最初、意味がわからなかったよ」

彼は状況を理解してすぐＮＦ運輸に問い合わせて、病院に駆けつけてくれたのだと言う。

「心配をかけてごめんなさい」

「この場合、俺に気を遣って連絡しなかったことを謝るべきだ」

謝る愛理に優しい口調で返し、席に座るように勧める。それを眺めていた東条が、賢悠へ愛理に近い椅子に座るよう勧めた。

そして、自己紹介と自分がここにいる経緯を説明していく。

「取引先で……」

話を聞きながら、賢悠の眉間《みけん》に深い皺《しわ》が刻まれる。

東条に勧められるまま賢悠が座ると、改めてテーブルを挟んだ向かいの椅子に腰掛けた東条が頷く。

お互いなにか言いたげな表情で目配せをする。

不穏ななにかを肌で感じて二人の顔を見比べていると、賢悠がテーブルの上の飲み物に視線を向けた。

「他にも誰か？」

この場の人数に合わない飲み物の数に、賢悠が微かに首を傾ける。

「いえ。よかったらお好きなのをどうぞ」

東条がそう勧めるが、賢悠は微笑んでそれを辞退する。そして財布から紙幣を取り出し、愛理に視線を向けて言った。

「愛理、悪いけどコーヒーを買ってきてくれないか。できれば、下のコンビニでホットコーヒーを買ってきてもらえると嬉しい」

テーブルに並ぶ飲み物はどれも愛理の好みのものなので、ブラックコーヒーを好む賢悠の口には合わないらしい。

「それでしたら私が……」

そう言って腰を浮かせかけた東条を、賢悠が止める。

愛理としても、東条にそこまで気を遣わせるのは申し訳ない。賢悠から紙幣を受け取って立ち上がった。

「なにか欲しいものがあったら、一緒に買ってくるといい」

そう言われて、昼食を食べ損ねたことを思い出したが、空腹はあまり感じない。

大丈夫と首を横に振りかけて、もしかしたら東条も昼食を取っていないのではないかと気付いた。

一瞬、東条に食べたいものがないか確認しようかと思ったが、彼に聞いたところで断るだろう。

それなら勝手に買ってきた方がいい。

そう判断して、愛理はその場を離れた。しばらく歩いたところで、ふと、ついでに母に電話しておこうと思い立ち、スマホを取りに引き返した。

◇◇◇

愛理が十分離れたのを確認して、賢悠は改めて自分に席を譲ってくれた男性を観察する。

東条郁広という名前は、愛理と浩樹、それぞれの口から聞いたことがあった。

愛理は優しくて話しやすい人だと言っていたし、浩樹からはなかなかの切れ者で早くから目をかけていたと聞いている。二人の話から、落ち着いた年上の男性を想像していたが、思いのほか垢抜《あかぬ》けた容姿の若い男で戸惑いを覚える。

この見た目で仕事もできるのであれば、さぞや女性にモテることだろう。

なんとなく、愛理が幼い頃好きだったお伽噺《とぎばなし》の王子様のようだと考えていると、賢悠の視線に気付いた東条もこちらへ視線を向けてきた。

目が合った瞬間、フッと蝋燭《ろうそく》の明かりを消すように、彼の顔から柔和な表情が消えた。

「話があるから、お嬢様をお使いに出したんですよね？」

そう問われて、賢悠も表情を引き締めて顎《あご》を引く。

「社長の容体は？」

「術後の経過を見ながらの判断になりますが、今の段階では半月ほどの入院の後、療養が必要だと」

まあそんなところだろうと首筋を撫でながら考えを巡《めぐ》らせる。

「取引先で倒れたというのは、あまりよくないな」

しかも先方の企業名を確認したら、少々難のある御仁《ごじん》が社長ときている。

他社の粗《あら》を見つけては、あれこれ批評するのが好きという悪癖を持った御仁《ごじん》で、ＮＦ運輸に関してどんな噂を流されるのかと思うと正直頭が痛い。

賢悠の言葉に東条も頷く。

自分と同じ考えであると判断し、賢悠は話を続ける。

「社長が倒れたという情報は、あっという間に財界人の間を駆け抜けるでしょう。そうなると、明確な後継者がいないＮＦ運輸は、今現在抱えている問題の他に、別の問題もあることを周囲に印象付けてしまう」

裁判に勝てるだけの確実な証拠集めと、周囲への信頼回復。その二つの課題をクリアするために、仕事の合間を縫って奔走《ほんそう》していたが、それだけでは足りないようだ。

——なにかに試されている気分になるな……

運命なのか神なのか。人知を超えたなにかに、愛理のためにどこまで頑張れるか問われているような気持ちになる。

そうだというなら、どんな障害でも乗り越えてみせようと、表情を引き締める賢悠に、東条が言葉を漏らす。

「上半期の業績不審を補うため、下期の運営資金の追加融資を金融機関に申し出たところだったのですが……」

その言葉の意味するところは、賢悠も承知している。

融資を行う際、銀行は現在の経営状態だけでなく、企業の将来性も査定する。

向こうは、時間をかけて融資に見合うだけの利息を回収していくのが仕事なのだから、それは当然のことといえよう。

だから自分という明確な後継者がいる椿メディカルは、銀行の信頼度が増す。逆を言えば、経営者が同じ年齢でも、後継者のいないＮＦ運輸の査定はどうしても厳しいものになってしまう。

「せめてＮＦ運輸の三十周年パーティーまでに体調が回復し、社長が健在であることを周囲に印象付けられればいいが……」

賢悠の言葉に、東条も頷いた。

とはいえ、ＮＦ運輸の三十周年パーティーまで一ヶ月半といったこのタイミングで、それは難しい。

お互いに、希望的観測に縋《すが》って現実逃避する性格ではないので、現実的な話を進めていく。

「もし社長の入院が長引いた場合、ＮＦ運輸では誰が社長の代理を務めることになりますか？」

商談にも同伴しているようだし、目の前の東条が務めるのかと考えたが、彼はテーブルに肘をつき両手を組み合わせて言った。

「入院期間にもよりますが、とりあえずは専務が務めることになると思います……」

「栗原《くりはら》さんか……」

どちらも言葉尻が弱くなってしまうのは、お互いに栗原の人となりを承知しているからだろう。

ＮＦ運輸創業から会社を支えてくれた人物で、年齢は浩樹と変わらない。しかし性格は愚直な努力家で、補佐役には適しているが、陣頭指揮を取るのには向かない。

「弊社が一代で急成長できたのは、社長の人柄と采配によるところが大きいです。その代理となると……」

その言葉に賢悠も頷く。

プライベートの浩樹は、温厚で子煩悩な優しい人といった印象だが、商売人としての腕は確かだ。加えて、強烈なカリスマ性があるわけではないが、人好きのする温厚な物腰には、周囲をやる気にさせる独特の魅力がある。

「彼に息子がいれば、また違ったんだろうが」

思わず漏れてしまった賢悠の言葉に、東条も頷く。

男尊女卑をするわけではないが、時代が変わっても、社会の固定観念というものは簡単に変わるものではない。

ＮＦ運輸は浩樹の人柄で急成長した会社なので、こうした緊急事態の際は、彼の意志を継ぐ息子がいれば周囲の反応も違ったはずだ。

「確かに御子息がいれば、社長が回復し、体調が整うまでの指揮を任せられたでしょうね」

そう嘆息する東条も、賢悠と同じ考えなのだろう。

決して愛理が悪いというわけではないが、そもそも浩樹には、愛理に後を継がせようという気がない。経営者となる教育を施《ほどこ》すことなく、自由に好きなことをして生きていけるように育てていた。

「いっそのこと、貴方が陣頭指揮を取ってはいかがですか？」

賢悠はそう言って、向き合う東条の反応を窺《うかが》うように視線を合わせた。

浩樹が彼を高く評価していることは承知している。社長自ら赴《おもむ》く大事な商談の席に同伴させることから、ゆくゆくは後継者にと考えているのかもしれない。

柔和な第一印象とは異なり、仕事の話をする際の引き締まった表情は理知的で悪くない。

――さっきまでの穏やかな表情は、愛理を安心させるためのものだったんだろうな……

自社のトップが倒れたのだ、心中穏やかであるはずがない。

「一社員でしかない若輩者の私が指揮を取れば、反感を持つ人も出てくるでしょう……」

苦いものを噛みしめるような表情で、東条が首を横に振る。

彼の言葉には、賢悠も頷くしかない。

彼と同世代の賢悠が椿メディカルで強い発言力と権限を認められているのは、創業者一族の者であり、近い将来社長の座につくことが確約されているからだ。

古参の社員からすれば、自分たちよりずっと後に入ってきた若手の東条が、いきなり社長代理になどなれば、面白くないに違いない。中には不満を抱く者も出てくるだろう。そうなれば、浩樹が復帰した際に無駄な軋轢《あつれき》を生みかねない。

――誰もが納得する、明確な社長代理が必要だな……

賢悠は、顎《あご》を摩《さす》りながら考えを巡《めぐ》らせる。

ビジネスモードで考えれば、自然と愛理の顔が思い浮かぶ。

愛理を社長代理にして、その補佐に東条をつければ、とりあえずは周囲も納得するだろう。

東条は浩樹が目をかけている存在だし、愛理とも親しい様子が窺《うかが》えた。彼なら問題なく、愛理を支えてくれるはず――

「……」

そこまで考えて、賢悠は思考を中断した。

さっき東条が愛理の背中に触れている姿を見た時と同じ、自分でも驚くほどのどす黒い感情が湧き上がってくる。

ビジネスモードで算出した答えを口にすることを、感情が拒絶してしまう。

まさか、愛理が自分以外の男性と親しくするのを見ただけで、こんなにも気分が悪くなるとは思わなかった。

――どうやら俺は、随分嫉妬深い性格をしているらしい。

こんな度量の狭い一面を知られたら、愛理に愛想を尽かされないかと不安になる。

初めて知る自分の秘めた一面に、自嘲《じちょう》気味に息を吐く賢悠は、軽く首を振り話題を変えた。

「椿メディカルから、医療機器の輸送を依頼した件は聞いていますか？」

「はい。その件は、私が担当させていただく予定になっています」

流れるように返事をする東条に、賢悠は頷く。

それを彼に任せるということは、やはり浩樹の信頼は確かだ。それに先ほどの表情の切り替えの早さを見ても、小芝居を任せてもうまく立ち回ってくれるだろう。

「なら話は早い、その件に関しての打ち合わせは、私の方から御社に出向く形で進めさせてもらいたい」

「いえ、椿原さんは忙しい方ですから……」

こちらから出向きます。そう言いかけた東条が、ハッと息を呑んで賢悠を見る。

「まだ内密にしたいこともありますので、できれば責任者である貴方と二人で話を進めさせていただきたい」

「承知いたしました。ではこちらも、一番機密が守りやすい部屋をご用意させていただきます」

それはつまり、社長の執務室か、それに準ずる部屋ということだろう。

彼がこちらの意図を正しく読み取ってくれたことに満足して、賢悠は言葉を足す。

「それと、できれば社の内外に、私と愛理の結婚が近いと広めてほしい」

尊大な言い方になるかもしれないが、数年で椿メディカルの経営を立て直した自分の名前は、起業家の間では知れ渡っている。それ相応の発言力と影響力もある。

そんな自分が、舅《しゅうと》となる浩樹が倒れた後、頻繁《ひんぱん》にNF運輸を訪問し東条と話し合っていれば、自然と彼の発言や采配は、浩樹や賢悠の意を汲《く》んだものだと思われるだろう。

当然、社内における彼の発言にも重みが出てくる。

「しかし、そうなると先々いらぬ期待をしてくる者が出てくると思いますよ。貴方とお嬢様の婚約の経緯は社長より伺《うかが》ってますが、そこまでしていただく理由が今のNF運輸にあるのでしょうか」

東条が気遣うような、それでいてどこか警戒するような視線を向けてくる。

一時的にとはいえ、賢悠がNF運輸の経営に口出しするとなれば、将来的に彼がNF運輸も引き継ぐのではないかと考える者が出てくるだろう。

東条の懸念に対し、賢悠は苦笑した。

「二藤家には、そうするだけの恩義を受けました。それに、二藤家の一人娘をもらい受けると決めた時から、ＮＦ運輸の後継者問題は私にとっても他人事《ひとごと》ではないので負担は覚悟の上です」

その時、どこかでカタンッと小さな音がした。パーティションで区切られた他のテーブルに誰かいただろうかと考えていると、東条が呟く。

「意外です」

「……？」

「椿原さんはもっと、冷めた方だと思っていました」

「なにを根拠に？」

お前が自分と愛理のなにを知っているのだ。そんな不快感から、つい棘《とげ》を含んだ声となる。

どうやら自分は、彼と愛理の距離感に、嫉妬しているらしい。

我ながら大人げないと思いつつ、言葉を続ける。

「確かに、自分にとって無価値なものに時間を割《さ》くほど暇ではないが……」

だが愛理は、その労力を割《さ》くだけの価値があるのだ。

言外にそう告げると、東条が愛理の飲んでいたペットボトルに視線を向けて呟いた。

「そうですか」

ほとんど聞き取れないような東条の言葉を唇の動きで読みとった賢悠は、内心首をかしげる。

彼がどこか落胆しているように見えたからだ。

「失礼を承知でお願いします。どうか、お嬢様を大事にしてあげてください」

そう告げる真摯《しんし》な声に、東条の真意を探ろうと彼を見据える。だが、目を伏せた彼の表情からは感情が読み取りにくい。

「……もちろんだ」

「ありがとうございます」

東条は賢悠と視線を合わせないまま深く頭を下げた。

忠義——という言葉では片付けられない感情が、はっきりと彼から滲《にじ》み出ているのに気付く。

「愛理を守るのは、私の権利ですから」

大人げないとは思いつつ、抑えきれない独占欲から相手を牽制《けんせい》する。

そうしながら、賢悠は愛理のために自分になにができるか考えを巡《めぐ》らせるのだった。

◇◇◇

最近の病院は、病院ぽくないな。

手術後、父が通された病室を見て、愛理はそんな感想を抱いた。

壁には絵画が飾られ、付属の椅子やミニテーブルも木製のきちんとしたものだ。それにより、病院特有の冷たい印象が緩和されている。

そういえば、さっきまで使っていた待合室の椅子やテーブルも、シンプルだが洒落たデザインのものだった。

それでも微かに漂《ただよ》ってくる消毒液の匂いや、時折聞こえる救急車のサイレンの音で、ここが病院であると思い出させる。

「雨か……」

閉じていた瞼《まぶた》を薄く開け、浩樹が呟いた。

その言葉に愛理も窓に目を向けて「うん」と頷く。

午後から降り出した雨は、夜八時を過ぎた今も降り続いていた。風も強いようで、雨が窓ガラスに叩き付けられている。時折、遠くで雷も光っていた。

「荒れそうだな」

窓を見ながら浩樹が言う。

「夏の嵐だね」

その言葉に頷いた浩樹が、病室内に視線を巡《めぐ》らせて尋ねてきた。

「……母さんは？」

「お父様の入院の準備をしに、一度帰ったわ」

愛理がそう返すと、浩樹は僅《わず》かに頷き、また質問してくる。

「賢悠君は？」

「手術が無事に終わったのを見届けて、残してきた仕事を片付けに会社に戻ったわ。東条さんも同じだよ」

「そうか、迷惑をかけたな。皆忙しいのに……」

愛理の言葉に、浩樹はそっと息を吐く。

「うん」

東条からの一報を受けて、愛理はそのまま早退することができた。でも他の二人は、誰かに任すことのできない仕事を抱えている。それでもこの場に駆けつけてくれたのだ。

手術は無事に終わり、病室に移されて数時間が過ぎたが、麻酔が残る父はまだ半分微睡《まどろ》みの中にいるのかぼんやりしている。

そのせいか、父の顔はいつになく弱気に見えた。

「入院は二週間程度だけど、しばらくは大事をとって安静にした方がいいって」

手術は成功したが、他にも問題が見つかり検査することを勧められた。しかし、それを話すのは、今でなくていいだろうと、愛理はかける言葉を選ぶ。

まだ青白い顔色をした浩樹は、天井を見上げてため息を漏らす。

「そんなにゆっくりしている暇はないんだがな……」

天井を見上げる父の頭の中では、自分が不在となる間の会社について色々考えが巡《めぐ》っているのだろう。

「……私になにかできることある？」

父を助けたい。

そう思うのに、自分がなにをすればいいかわからない。そのせいで、賢悠に負担をかけることになってしまう。

家族のことなのに、ＮＦ運輸の窮地《きゅうち》についても、茶会の時に鷺坂や昭吾に聞かされるまで知らなかった。大変な時だというのに、一人蚊帳の外にいる自分が情けない。

そんな気持ちで父を見るが、首を横に振られてしまった。

賢悠のように、周囲から期待され、多くの責任を背負っているのも大変だと思うが、こんな時になんの期待もされないのもまた辛い。

この現状に納得しているわけではないが、自分ではなんの役にも立たないのがわかる。

無力な自分が悔しくて、愛理はグッと唇を噛む。

役に立ちたい気持ちはあっても、この状況でなにも知らない自分がしゃしゃり出たところで、父や会社のためになるとは思えない。

——私の知識じゃ役に立たないし、東条さんでは発言力が弱い。どちらも力不足だ。

互いの不足部分を、どうにかして補い合えば、なんとかできるのではないだろうか……

なにか突破口はないだろうかと思考を巡《めぐ》らせていた愛理は、ふと閃《ひらめ》いて父を見た。

愛理の眼差しに気付いた父は、こちらに視線を向け、微かに眉間《みけん》に皺《しわ》を寄せる。どうやら、目の焦点がうまく合わないらしい。

そんな父と見つめ合い、愛理は自分の考えを反芻《はんすう》する。自分の中に閃《ひらめ》いた考えは、なかなか無謀だ。

愛理はそれを言葉にしていいか決心がつかず、別のことを聞いてみる。

「お父様は、今も物語のような奇跡が起きると信じている？」

子供の頃、自分にそう言い聞かせつつ物語を読んでくれた父を懐《なつ》かしく思い、そう問いかけた。

すると薄く笑った浩樹が、掠れた声で「もちろん」と頷く。

「奇跡を体験するために必要な秘訣を、愛理に話したかな？」

「……？」

「どんな嫌な出来事が綴《つづ》られていても、途中で投げ出して本を閉じてしまわないことだよ。素敵なハッピーエンドは、嫌な出来事の後に待っているのだから。それを体験したいのなら、先に進む勇気を持つことだよ」

そう言って薄く笑う浩樹の目には、病床の身とは思えない闘志が感じられた。

父にとっては、この苦境もハッピーエンドに続く物語の途中であって、クライマックスではないのだ。

「それが自分にとって特別な物語であるならなおのこと、簡単に手放しちゃいけない」

愛理の顔を見て、浩樹が優しい声色で言う。それと同時に、自分に言い聞かせているようでもあった。

「そうね」

愛理は深く頷く。

そして、覚悟を決めるため、深呼吸して気持ちを整える。

「お父様、お願いがあるの」

「……？」

視線で問いかける浩樹に、愛理は自分の考えを伝えた。

荷物を取りに行っていた母と入れ替わり病院を後にした愛理が、賢悠と暮らすマンションに戻ってきたのは十時を過ぎた頃だった。

「ただいま」

夜ということもあり、声のボリュームを抑えて玄関の扉を開けると、タオルを持った賢悠がリビングから出てきた。そして、持っていたタオルで愛理を包むようにそっと抱きしめる。

「お帰り」

漏れる息遣いから、彼が安堵していることが伝わってきた。

「……？」

そのことを不思議に思いつつ、愛理が彼の背中に手を回すと、耳元で呟く声が聞こえる。

「昨日のことがあったから、帰ってこないかと思った」

彼がどうしてそんなふうに思ったのかは疑問だが、愛理は額《ひたい》を賢悠の胸に押し付けて答えた。

「私の帰る場所は、ここです」

そう言うと、安心したのか賢悠がそっと腕を解く。

そんな賢悠の姿に、自分の居場所はここで合っているのだと再認識する。

だからこそ、簡単に手放してはいけない。愛理は小さく頷き、膝を軽く屈《かが》めて人さし指をパンプスの踵《かかと》に引っかけた。

「賢悠さんが病院に話をしてくれたおかげで、父とゆっくり話すことができました」

パンプスを脱ぎながら愛理が言う。

浩樹の入院した病院は椿メディカルと付き合いがあり、賢悠が病院側に口を利いてくれたおかげで、面会時間を過ぎても病室に留まることができた。

リビングに入ると、賢悠は愛理に着替えてくるよう勧めてきたが、病院からここまでタクシーを使ったのでそれほど雨には濡れていない。

首を横に振った愛理は、上着を脱いでリビングのソファーに座る。すると、賢悠はキッチンへ向かった。

「浩樹さんの具合は？」

冷蔵庫から飲み物を出しながら賢悠が聞いてきた。

愛理はリビングに戻ってきた賢悠に、医師からされた説明を伝える。

「……そうか」

愛理の隣に腰を下ろした賢悠が、愛理に冷えたオレンジジュースの入ったグラスを渡す。

お礼を言ってグラスに口を付けると、果肉の入ったオレンジジュースが喉を撫でていく。

疲労しきった体に、オレンジの酸味がほどよく沁《し》みる。

喉を潤《うるお》して大きく息を吐いた愛理は、賢悠を見上げた。

「色々、ありがとう」

「当然のことをしただけだよ」

そう返す賢悠は、今日のことだけを言っているのだろう。

テーブルにグラスを置いた愛理は、そうじゃないと彼の胸に頭を押し付けて首を横に振る。

「東条さんとの会話、少し聞いちゃいました」

愛理の告白に、賢悠がなにか思い出したようにため息を吐く。

「愛理は気にしなくて大丈夫だ。いつか向き合うことになる問題だと思っていたから」

そのタイミングが、たまたま今になっただけだと賢悠は言う。

愛理は賢悠を好きな気持ちだけで、ここまで突き進んできた。でも賢悠は、愛理との結婚で生じる様々な問題を背負う覚悟をした上で、自分の側にいてくれたのだ。

自分の覚悟の甘さを申し訳なく思い唇を噛む愛理の背中を、賢悠が優しく撫でる。

「愛理の問題は、俺の問題だから」

その言葉に、愛理は背筋を伸ばして彼を見上げた。

「だとしたら、私にも一緒に抱えさせてください。貴方の妻になる人間として、自分の人生に責任を持たせてほしいです」

そう訴えた愛理は、その勢いのまま、自分の覚悟を打ち明ける。

「カクミを辞めて、ＮＦ運輸に就職しようと思います」

「なんのために？　そんなことをしても……」

目を見開いて驚く賢悠は、そこで言葉を切る。「そんなことをしても、愛理にできることはない」と、言いたいのかもしれない。

自分でもそれは重々わかっていると思いながら、愛理は言葉を続ける。

「私がＮＦ運輸に入ったところで、なんの役にも立たないのはわかっています。それでも、社長の娘として、東条さんの考えを代弁することはできます」

これまで後継者として経営について学んでこなかった愛理にできるのは、その程度のことだ。

それでも東条の考えを代わりに話すことで、周囲が聞く耳を持ってくれるのなら、それだけでも自分が転職する価値がある。

「彼のサポートは俺がする。だから愛理が矢面《やおもて》に立って、大変な思いをすることはないよ」

諭《さと》すような賢悠の言葉に、愛理は、それは違うと首を振る。

「父が回復するまでの時間稼ぎを、賢悠さんに押し付けて終わりにしたくないんです。愛する人に全てを任せて、自分だけのうのうと過ごしていることなんてできません」

毅然《きぜん》と言い切る愛理の姿に、賢悠が困ったように目を細める。

「俺は、愛理を守れる男でいたいんだよ」

「……」

そう言われると困るが、愛理としてもこの思いは譲れない。

互いの譲れない感情を抱えて見つめ合うこと数秒、先に折れたのは賢悠の方だった。

参ったと苦笑いを浮かべて、賢悠は前髪を掻き上げる。

そしてその手を愛理の頬に添えた。

「愛理が考えて決めたことなら止めないけど、お前を守りたいという思いが、俺の原動力になっているんだ。愛理の存在が俺を助けてくれている。それだけは忘れないでくれ」

「……うん」

賢悠の言葉が、愛理の胸に優しく沁《し》み渡る。

父の言うとおり、ハッピーエンドに辿《たど》り着きたいなら、どんなに嫌なことに遭遇しても、投げ出さずに前に進んでいくしかない。

だったら、もう一つの問題も、見て見ぬフリすることなく向き合うべきだろう。

一度深呼吸して気持ちを整えた愛理は、右手をそっと賢悠の左耳に添える。

「愛理？」

不思議そうな顔をする賢悠を見つめながら、愛理は彼の耳から首筋に向かって手を滑らせた。

その動きにぴくりと反応する賢悠に、緊張する。それでも不安に押し潰され、昨夜みたいに感情をこじらせたくない。

「鷺坂さんに言われたの。賢悠さんは、このラインを刺激されるのが好きだって」

覚悟を決めて打ち明けた愛理に、賢悠は目を瞬《また》かせた。

そして次の瞬間「グッ」と喉の奥を鳴らしたかと思うと、口元を手で覆《おお》って顔を逸らした。

「……なっ」

あからさまに笑いを噛み殺している賢悠の姿に、愛理の頬が熱くなる。

こっちは、勇気を振り絞って言ったのに。

愛理が赤面して口をパクパクさせていると、賢悠がからかうような視線をこちらに向けてくる。

そして愛理の頬に手を添え、彼女の唇に自分の唇を重ねた。そのまま頬に添えていた手で耳の裏から首筋を辿《たど》り、愛理の鎖骨を撫で上げていく。

「ん……ッ」

羽毛で肌をくすぐられるような優しい指の動きに、愛理は首をすくめて甘い息を漏らす。

「どう？」

唇を離した賢悠が、甘い声で問いかけてくる。そうしながら、指で執拗《しつよう》に愛理の首筋を刺激してきた。

彼の指が動く度、くすぐったさから、さっきの賢悠のように体が反応してしまう。そこまでされれば、愛理にも賢悠が笑った意味が理解できた。

つい最近まで男性経験のなかった愛理では、わからなかっただろうが、首筋を撫でられればたいていの人はくすぐったさに体を反応させてもおかしくない。

「……」

愛理は、気まずさから顔を逸らして黙り込む。

そんな愛理を、賢悠が強引に抱き寄せた。

「言っておくが、彼女に首筋を触らせたことはないよ」

「わかってる……」

散々感情をこじらせておいてなんだが、愛理だって本気で鷺坂と賢悠の間になにかあったと思っていたわけじゃない。

ただあの時は……

「……賢悠さんが、大学時代のお友達と会っているって言われて」

愛理の言葉に、賢悠が「ああ……」と、声を漏らす。その息遣いが、それが事実であると告げている。

でも不思議と、昨日のような不安は感じなかった。

それはきっと、自分に対する賢悠の思いを知ることができたからだろう。

「彼女とは……」

と話そうとする賢悠の言葉を口付けで塞ぎ、愛理は首を横に振る。

「大丈夫です。私は今の賢悠さんを信じています」

それだけで十分と、愛理は賢悠の背中に手を回した。

「ありがとう」

そう返す賢悠は、自分に抱きつく愛理の耳に唇を寄せ「俺が愛しているのはお前だけだ」と囁《ささや》き、そのまま耳朶《じだ》を甘く噛む。

「……っ」

耳朶《じだ》を優しく噛まれ、くすぐるように舌で嬲《なぶ》られると、もどかしいくすぐったさが肌を包む。

「私も、賢悠さんを愛してます」

賢悠に絡める腕に力を込めて身悶《みもだ》えつつ、愛理が返す。

「よかった」

安堵して囁《ささや》く賢悠の息遣いが、直《じか》に鼓膜をくすぐる。彼が自分の言葉に心から安堵していることが伝わってくる。

愛する人が自分を必要としてくれている。愛理は、その幸福を噛みしめた。

6　愛のためにできること

浩樹の入院から約十日後の朝、賢悠と暮らすマンションに来訪者を告げるチャイムが鳴る。

慌ただしく朝の支度をしていた愛理は、モニターを確認して「えっ」と、小さな声を漏らした。

どうして彼がここにいるのだろうと考えていると、モニターに映し出された彼が、一礼する。

「東条さん……どうしたの？」

戸惑いつつ尋ねると、モニターの向こうの東条が、爽《さわ》やかな微笑みを向けてきた。

「お嬢様、お迎えに伺《うかが》いました」

簡潔に用件を告げた東条は、マンション前の送迎レーンで待っているので準備ができたら声をかけてほしいと伝えて、愛理の返事を待つことなくモニターを切ってしまった。

「えっ……ちょっと、東条さん……」

既に通話が途切れたモニターに、思わず悲鳴じみた声で叫んでしまう。

「送迎車つきとは、さすが重役だな」

そんな愛理の姿を見て、賢悠がからかってくる。

「重役ではないです」

困ったような視線を向けると、ワイシャツの袖口《そで》を折っていた賢悠がクシャリと目尻に皺《しわ》を寄せ、腕を差し出してきた。

「留めて」

そう言って開いた賢悠の手には、カフスが握られている。

「もう」

東条を待たせているのなら、急がなくてはいけない。そう思いつつも、差し出されたカフスを受け取り、彼に近付く。

賢悠は左肘を曲げて、カフスを留めやすいよう、袖口《そで》を愛理の目線の高さにする。

「本当にこれでよかったのか？」

慣れない手つきでカフスを留める愛理に、賢悠が聞く。

「うん」

父が倒れた日、ＮＦ運輸に入社すると告げた愛理を一度は止めた賢悠だけれど、愛理の覚悟を理解してからは応援してくれている。

東条とも話し合い、ＮＦ運輸に愛理の席を用意すると共に、今まで勤めていた会社をスムーズに退職できるよう取り計らってくれた。

正社員で働いていたのだから、本来であれば十日やそこらで辞められるわけがない。

それが可能だったのは、賢悠が親しくなったカクミの専務に話を通してくれたおかげだ。

その結果、愛理は表向き「将来を見据え、社会勉強のためにカクミがＮＦ運輸の社長から預かった令嬢」ということになり、時期がきたので本来の立場に戻るということにされた。

華やかな許嫁《いいなずけ》の存在と共に、愛理の素性が社内を騒がせたばかりだったせいもあり、周囲にもあっさりと受け入れられたのだ。

――春香だけは、納得してくれなかったけど……

入社当時からずっと一緒に仕事をしてきた同僚だけは、愛理の退職を納得してくれなかった。本音を言えば、愛理も彼女と一緒に仕事ができなくなるのは寂しい。

「今からでも、カクミに戻る？」

左のカフスを留めたタイミングで、賢悠が問いかけてくる。

驚いて顔を上げると、心配そうにこちらを窺《うかが》う顔があった。

愛理の緊張が伝わってしまったのかもしれない。

その言葉に頷けば、きっと賢悠がなにもかもうまく進めてくれるのだろうけど、それをしてもらうわけにはいかない。

「自分で決めたことだから、戻らない」

そう言って、愛理はグッと口角を上げて微笑む。すると、眩《まぶ》しいものを見るように賢悠が目を細めた。

「そう言うと思った」

愛理の頬に口付けた賢悠は、肩をすくめて続ける。

「俺は愛理の判断を尊重するよ」

「ありがとう」

賢悠が自分の決断を信じてくれたから、愛理も気持ちを奮《ふる》い立たせ、前に進むことができるのだ。

賢悠の右手のカフスも留めて愛理は彼を見上げた。

そんな愛理を、賢悠が愛おしげに抱きしめてくる。

この人のためにも、自分で決めたことをやり抜いてみせる。そんな思いを込めて見上げる愛理の頬にもう一度口付けをして、賢悠はそっと体を離した。

「東条君を待たせているんだろ。そろそろ行った方がいい」

そう言われて、愛理は気持ちを引き締めて身支度を急いだ。


愛理がマンションのエントランスに行くと、素早く車を降りた東条が後部座席の扉を開けてくれた。

社用車での迎えに、彼が仕事の一環として迎えに来たとわかり気が引ける。

「あの、こういったことは……」

うやうやしく頭を下げる東条に困り顔を見せるが、彼は気にする様子もなく、愛理を後部座席へ座らせ扉を閉める。

「この後、病院で社長と合流し、そのまま一緒に幾つかの取引先を回ります。社長は一時帰宅が許可された状態ですが、表向きには退院したということで話を進めますので、お嬢様も話を合わせてください。……訪問先の資料はそこにありますので、移動中に目を通していただけると助かります」

運転席に座る東条が、後部座席に置かれた数冊のファイルを視線で示す。

移動中に、勉強するようにということらしい。

確かに今の愛理は、移動時間も勉強に充てるべきだろう。

「資料は訪問先順に重ねてあります」

心得たと頷き、愛理はさっそく資料に手を伸ばす。

「ありがとうございます」

感謝を伝え資料に目を通していると、ページを捲《めく》るタイミングで東条が声をかけてきた。

「最初に訪問する企業は、社長が倒れた際にご迷惑をおかけしたところです」

「わかりました」

東条の言葉に、愛理は気を引き締める。

「まずは先日のことをお詫びし、そのまま商談の続きに話を持っていきたいと思っていますが、その際に、お嬢様には先方から不躾《ぶしつけ》な質問があるかもしれません……」

視線を上げると、東条がバックミラー越しにチラリとこちらを見てくる。

浩樹のお供を務めたパーティーなどで顔を合わせたことがあるので、先方が言動に難のある人だと言うことは、愛理も承知していた。

「……覚悟はしています。だって、無能を笑われに行くんですから」

笑みを浮かべる愛理に、東条が眉尻を下げた。

愛理としては、彼にそんな顔をさせてしまうことの方が自分が笑われるよりよほど申し訳ない。

愛理に用意された役職は、社長秘書。今まで浩樹は秘書を置かず、基本的なスケジュール管理は、東条と古参社員である栗原がやっていた。

ここで新たに社長令嬢である愛理が秘書として就いたのは、彼女を浩樹の後継者として教育するため——と内外に思わせるためである。

浩樹の体調はまだ万全ではなく、医師からは当面の間療養を勧められているが、今のＮＦ運輸の状況でそれは厳しい。そこで愛理が入社し、次期後継者として経験を積むという名目で社長の代理を務めつつ浩樹の負担を軽減させ、復帰までの時間を稼ぐことになった。

もちろん愛理一人で浩樹の代理が務まるわけもないので、東条や栗原が教育係としてサポートにつくことになる。

「私の存在が、少しでも会社の役に立つなら嬉しいです」

「社長はもちろん、私もお嬢様に重荷を背負ってほしいとは思っていません」

そう肩を落とす東条に、愛理は、それは違うと首を横に振る。

これまで浩樹は、愛理に好きに生きることを許してくれた。

「私、すごく恵まれた人生を歩ませてもらってます。家や会社に縛られることなく自由に、なんの不自由もなく安定した環境で育ててもらって、好きなところに就職して……」

好きな人との未来も……とは、さすがに恥ずかしいので言わないが。それでも自分が、両親に惜しみない愛情を注《そそ》いでもらっていたという自覚はある。

その暮らしがあったのは、父の会社があればこそだ。

浩樹は一人娘の愛理に、一代で築いた会社を負担に思うことはないと言ってくれたが、大変な時に知らんぷりしているような人間にはなりたくない。

大切なものをたくさん与えてきてもらった自覚があるからこそ、今自分にできることを返したいと思う。

賢悠や東条に大変なことを任せて、一人安穏に過ごしているより、無能と笑われても自分にできることをしたい。

「それに、私は一人じゃないから……」

皆からもらった愛情を、ちゃんと返せる自分でありたい。

「微力ながら精一杯サポートいたします」

愛理の覚悟に、東条もそう返してくれた。

◇　◇　◇

ＮＦ運輸の社員になって一週間。主不在の社長室で資料を読んでいた愛理は、ページを捲《めく》る指を止め、そっとため息を漏らした。

入社したばかりで覚えることもやることもたくさんあるのだけど、一人になると、ついため息が漏れてしまう。

これまで浩樹の仕事に関わってこなかった愛理が急に入社したのだから、混乱の種が増えたと不安視する者も多い。

会社が大変なこの時期に……と、嘆く者もいれば、愛理が入社することで賢悠が支援をしてくれるのでは……と、他力本願な期待をする者もいる。

どちらの意見も、愛理自身になにも期待していないという点では一致しているから痛い。

それでも相手が自社の社長令嬢である以上、どれだけ役立たずでもぞんざいに扱うわけにもいかない。結果、周囲が愛理を持て余しているのをひしひしと感じていたたまれなかった。

下手に周囲に気を遣わせないようにと、社長室にこもり勉強をしているのだけど、ここに籠《こ》もっていても周囲の信頼を得ることはできないという焦りも生まれる。

自分がすべきことが見えてこず悩んでいると、扉をノックする音が聞こえた。

「どうぞ」

愛理がそう返すと、すぐに父の長年の盟友である栗原が、滑り込むように部屋に入ってきた。

「お嬢さん、ちょっと困ったことが……」

後ろ手に扉を閉めた栗原は、ひどく硬い表情をしている。

一体何事かと緊張する愛理に、栗原は父への来客を告げた。

しかし父の浩樹はまだ入院中だ。それを伏せるため、急な来客に対しては受付の段階で「外出中」と言って断るよう指示されていたはずだ。

なのに栗原が来客を告げに来るということは、断れない相手ということだろう。

「どなたですか？」

「それが……」

愛理の質問に栗原が答えようとした時、彼の背後で扉をノックする音が響く。

こちらの返事を待つことなく開かれた扉から、杖をついた老人が顔を覗《のぞ》かせた。

「はじめまして、お嬢さん」

痩《や》せた体にきっちりスーツを着こなし、薄くなった白髪を丁寧に撫でつけた清潔感のある老人は、口元に微笑みを浮かべ社長室へ入ってきた。

笑みを浮かべているが眼光は鋭く、有無を言わせない威圧感が滲《にじ》み出ている。

「あっ……」

ここ数日、運輸業界の知識をあれこれ詰め込んでいた愛理は、初対面のその老人が誰であるか素早く理解して立ち上がった。

鷺坂司《つかさ》。

日本最大級の運輸会社の会長であり、運輸業界の重鎮。そして賢悠の秘書を務める鷺坂紫織の祖父である。

「はじめまして、鷺坂会長。二藤愛理と申します。申し訳ありませんが、本日社長は留守にしております」

突然現れた運輸業界の重鎮に戸惑いつつ、愛理は頭を深く下げてそう告げる。

大きなくくりで見れば、鷺坂汽船もNF運輸も同じ運輸業界に属する企業ということになるが、外航海運を主軸に複数の子会社を持つ鷺坂汽船と、NF運輸では規模がまるで違う。

鷺坂会長を敵に回して、この国で生き残れる運輸会社はまずない——そう囁《ささや》かれる人の突然の訪問に、否応《いやおう》なしに緊張してしまう。

「構わんよ。NF運輸の後継者の品定めに来ただけだから」

鷺坂会長はそう言って、さっさと応接用のソファーに腰を下ろしてしまった。

そして、身の置きどころがなくオロオロしている栗原に「お茶」と催促《さいそく》する。

会長の言葉に肩を跳ねさせ「ただいま」と、深く腰を折った栗原は、慌てて社長室を出て行った。

慌ただしく栗原が退室すると、鷺坂会長が「さて」と言って、愛理に向かいに座るよう促《うなが》す。

東条は不在だし、栗原はこういう不測の事態の対応は不得手。自分で対応するしかないと覚悟を決め、愛理は自分の名刺を用意して彼の向かいに腰を下ろした。

相手が鷺坂の祖父ということもありどうしても身構えてしまうが、事前情報を信じるのであれば、彼は公私の区別をつける人物とのことなので、ここで孫の話をすることはないはずだ。

二藤浩樹の娘として、NF運輸の後継者として、恥ずかしくない対応をしなければ。

そう自分を奮《ふる》い立たせ、改めて名刺を渡し挨拶《あいさつ》を済ませる。

「仕事はどうだい？　周囲は君を、後継者として歓迎してくれているかな？」

その言葉に、愛理は笑みを浮かべたまま奥歯を噛みしめる。

さっきこの部屋で人知れずため息を漏らしていたことを見透かされた気分だ。

「色々と勉強させていただいています」

その言葉に嘘はない。周囲の信頼を得るためにどうすればいいか、日々模索している最中だ。

ただその答えを見いだすことができず、どうしても心は疲弊していた。

そんな弱音を隠し、澄ました顔で微笑んで見せても、鷺坂会長にはお見通しだったらしく、掠れた笑い声を漏らす。

「会社設立から三十年、そろそろ次代に引き継ぐタイミングかと思っていたが、それがこんな子供とは……。ＮＦ運輸の立て直しは、なかなか前途多難なようだな」

会長から遠慮のない意見をぶつけられ、正直居心地が悪い。だが、一番の問題は、彼の言動でなく、それを否定できない自分だ。

「たとえ今が大変でも、ここで終わったりはしません。私は、必ず立て直せると信じています」

愛理はそう胸を張る。

最初は、父の体調が戻るまでの時間稼ぎになればと思ってのことだった。

でもいざ働きだし、父が一代で成した功績の大きさを実感した。そして厳しい状況の中、東条や栗原をはじめとするＮＦ運輸の社員たちが逃げずに踏ん張る姿を見せられ、自分も中途半端ではいられないと思った。

以来、どんなに風当たりが厳しくても、自分にできることを探して資料を漁《あさ》り、あれこれ考えを巡《めぐ》らせているのだ。

「負けん気だけは、あるようだな」

グッと顎《あご》を引き胸を張る愛理を、会長が目を細めて観察する。

かなりの高齢であるはずだが、彼の発する気迫は衰えを感じさせない。ただ見つめられているだけでも身がすくむ思いだ。

それでも、父の娘として、賢悠の許嫁《いいなずけ》として、ここで逃げ出すようなことはしたくなかった。

「最高の奇跡を見るために、どんな逆境でも諦めず立ち向かいます」

その思いだけは譲れないと、緊張しつつも断言する。そんな愛理の姿に、鷺先会長が懐《なつ》かしそうに目を細める。

「奇跡を起こすのに必要な秘策を知っているか？」

「諦めずに挑むことかと思っています」

父の姿を思い出しつつ返す愛理に、鷺坂会長がフッと笑って首を横に振った。

「それだけじゃ足らんよ。がむしゃらに挑むだけなら、どんなバカにでもできる。奇跡を起こしたいなら、挑むタイミングを見極める目を持つことだ」

「わかりました」

なるほどと素直に頷く愛理に、会長が薄く笑う。

なんとなく彼の放つ威圧的な空気が和《なご》んだ気がした時、お茶の盆を手に栗原が戻ってきた。

鷺坂会長は、栗原がお茶をテーブルに置くより早く立ち上がる。

「下に車を待たせているから、これにて失礼するよ」

呆気に取られる栗原の脇をすり抜け、鷺坂会長は社長室を出て行く。愛理は見送りをするべく慌てその後を追った。

戸惑う周囲に構うことなく、悠々と廊下を歩いてエレベーターに乗る鷺坂会長は、同じエレベーターに乗り込み階数指定のボタンを押す愛理に、ふと思い出したという体《てい》で胸ポケットを探る。

「失礼、名刺を渡してなかったな」

そう言って名刺を一枚取り出した会長は、その裏に持っていたペンでなにかを書き込み、愛理に差し出した。

「今日の非礼の詫びに、お茶をご馳走させてもらうよ。なにかあったら、電話をしてくるといい」

渡された名刺の裏には、十一桁の番号が記されている。

驚いてその数字を眺めている間に、エレベーターが一階に到着し扉が開く。

愛理は渡された名刺を大事に胸ポケットにしまい、扉が開くと同時に動き出した会長の後を追ってエレベーターを降りた。

鷺坂会長は、そのまま玄関ロビーに横付けされている車に乗り込む。愛理は、彼の乗った車が見えなくなるまで腰を折って見送る。その時、背後から声が聞こえてきた。

「お嬢様っ」

どこか緊張した声に振り向くと、出先から戻ってきたらしい東条が駆けてくるのが見えた。

「もしかして今の方は、鷺坂汽船の会長では？」

焦ったように東条が聞いてくる。

それに頷きを返し、愛理は東条と社長室へと引き返しながら、事の経緯を説明した。

愛理の話を聞いた東条が、ため息を吐いて「鷺坂会長らしい」と呟く。どうやら鷺坂会長のこういった訪問は珍しいことではないらしい。

なるほどと納得しつつ、彼から名刺をもらいお茶をご馳走すると言われたことも告げると、東条が驚きを示した。

「……？」

誰にでもしていることではないのかと戸惑う愛理に、東条が首を横に振る。

「お嬢様のなにかが、会長の興味を引いたのかもしれませんね」

それはないだろうと苦笑いする愛理だが、それでも少しは自分の存在が認められたのだろうかと、名刺の入った胸ポケットの上にそっと手を添えた。

◇◇◇

「嫌な話を聞くなら、食事の前と後、どっちがいい？」

その言葉に食事をしていた賢悠は、ナイフとフォークの動きを止める。

視線を上げると、向かいの席の女性が退屈そうにワイングラスを揺らした。

レストランの個室で食事をしている相手は、中島保奈美という大学時代の知人だ。

学生時代から社交的な性格をしていた彼女は、卒業後旅行代理店に就職したが、今は独立して富裕層にターゲットを絞ったツアープランナー兼社長をしている。

理知的な彼女が、人前で負の感情を露《あら》わにするのは珍しい。

彼女らしからぬ態度……といっても、大学卒業と共に縁が切れ、随分長い間交流が途絶えていたので、今の彼女を語るほどの情報を持っているわけではない。

「もう食事を始めているが？」

賢悠としては、それが自分にとって有用な情報なら、どのタイミングで聞かされても構わない。

彼女に頼んでいた件の進捗が思わしくなかったとしても、それならば新たな方法を考えるだけだ。

そう伝えると、保奈美が賢悠らしいとワイングラスを傾ける。

ワインで唇を湿らせた保奈美は、不意に表情を引き締めて言う。

「貴方の秘書、なかなかヤバイわよ」

秘書とはもちろん、斎木ではなく鷺坂紫織のことだろう。

思わず片方の眉を持ち上げた賢悠に、保奈美がその理由を話し始める。

「先日、知人の紹介で、とあるご令嬢から旅行プランニングの依頼がきたの。金額は気にしないから、ヨーロッパ周遊プランを提案してほしいと依頼されて打ち合わせに向かったの。そうしたら、そのご令嬢は貴方の秘書を名乗り、笑顔で『椿原の遊び相手をしてくれてありがとう』って言ったのよ」

保奈美曰《いわ》く、鷺坂はさも寛容な妻のような物言いで、賢悠と保奈美が最近頻繁《ひんぱん》に連絡を取り合っていることだけでなく、学生時代に二人が深い関係であったことまで承知していると匂わせてきたという。その上で、賢悠の心は自分にあるのだと言外に主張してきたのだとか。

その言葉に、賢悠は煩《わずら》わしげに眉間《みけん》を揉んだ。

鷺坂のそういった振る舞いは、保奈美に対してだけじゃない。先日、愛理に妙な入れ知恵をしていったことを含め、鷺坂に関する苦情を多数受けている。

どの苦情も要約すれば、鷺坂がさも自分と賢悠の間に男女の濃密な関係があるように匂わせつつ、他の女性を牽制《けんせい》してくるといったものだった。

そんなことをかいつまんで説明すると、保奈美は「モテる男は大変ね」とからかい、グラスに残っていたワインを飲み干す。

「旅行のプランニングも、相手の名前こそ出さなかったけど、貴方との新婚旅行を匂わせていたわよ。いいプランを立ててあげるから、一緒に楽しんでくれば？」

テーブルに肘をつき指先で顎《あご》を支える保奈美は、明らかにこちらの反応を楽しんでいる。

「言っておくが、そんな予定はない」

くだらないと食事を再開する賢悠に、保奈美は悪戯《いたずら》な笑みを添えて言う。

「そうね。貴方、ロリコンだから」

彼女の言葉に、思わずナイフが手から滑り落ち、ガシャンと硬質な音が響く。音に反応し、部屋の外に控えていたレストランのスタッフが入室してきた。

その迅速な対応に、さっきの保奈美の発言も聞かれていたのではないかと不安になる。

「誤解を招く発言はやめてもらいたい」

ナイフを取り替えたスタッフが、空《から》になったグラスにワインを注《つ》ぎ足し退室すると、小さな咳払いをして賢悠が苦言を呈《てい》する。

そんな賢悠に、保奈美は涼しい顔で返す。

「事実じゃない。貴方は昔から、許嫁《いいなずけ》がいることを口実に誰とも本気で付き合うことがなかった」

「事実を述べていただけだ」

さすがにこの年まで異性となにもなかったとは言わないが、許嫁《いいなずけ》がいる以上、他の女性と本気で付き合うわけにはいかない。そんな賢悠を、保奈美は鼻で笑う。

「よく言うわ。この時代に『許嫁《いいなずけ》』なんて言葉で、本気で人の心や人生を縛れるわけがないじゃない。それなのに貴方は、自分の意志で恋人を作らず、十近く年下の女の子に自分の人生を差し出してた。立派なロリコンでしょ」

「それは、特定の恋人を作るのが面倒だっただけだ」

「つまり同世代の女性に、心を動かされることがなかったってことでしょ」

――ああ言えばこう言う。

「言っておくが、幼い頃の彼女に、邪《よこしま》な感情を抱いたことはないぞ」

言いがかりもいいところだと嘆息する賢悠に、保奈美は訳知り顔で言う。

「ロリコンじゃないなら、運命の恋というやつかしら。そんなに早く運命の人に出会ったのなら、その後会った女を本気で愛せなくてもしょうがないわよね」

「最初から愛していたわけじゃ……」

そう否定しようとして、言葉が続かない。

二十年前、プロポーズしてきた愛理に心奪われた日から今日まで、自分の生きる指針を決める時、いつも彼女の存在を意識していた。

考え込む賢悠に、ワインを一口飲んで保奈美が言う。

「素直に認めなさいよ。その方が、私も救われるわ」

小さなその呟きに、賢悠が視線を向ける。だが、保奈美はするりと視線を逸らして窓の外を見た。

彼女との関係は、互いに合意の上の割り切ったものだと思っていたが、それは賢悠の自分勝手な思い込みだったのかもしれない。

「悪かった……」

「謝られる方が惨《みじ》めよ。運命の恋に負けたんだから、しょうがないわ」

清々すると、頬杖をついた姿勢で肩をすくめる保奈美を、素直に美しいと思う。そう思うのに、少しも彼女に心を動かされないのは、保奈美の言うとおり、愛理が運命の人だからだと今さらながらに納得する。

出会った時から迷いがなく、真っ直ぐ胸に飛び込んでくる愛理の存在を気に入っていたのは事実だ。

そして今、日々変化していく彼女の姿に魅了され続け、これまで知らなかった感情が次々と自分の中に芽生えている。

その甘くくすぐったい感情が、いつからあったのかと問われれば、一緒にいる時間が長すぎてよくわからない。

それだけの時間、自分は彼女との未来しか考えてこなかった。

運命の恋——なんて、絵空事だと思っていたが、その言葉以外に自分たちの関係を表す的確な言葉が思いつかない。

口の中で飴を転がすように、その言葉を復唱する。

無意識に表情を緩める賢悠を見て、保奈美が困ったように息を吐く。

その視線に気付き、賢悠が小さく咳払いをすると、彼女が表情を改める。

「そこまで露骨《ろこつ》な牽制《けんせい》をあちこちにしている貴方の秘書が、大事なお姫様になにもしないとは思えない。……許嫁《いいなずけ》を大事に思っているのなら、ちゃんと守ってあげなさいね」

「わかっている」

しっかりと頷いた賢悠は、愛理がＮＦ運輸に転職したことに憤慨する父の姿を思い出していた。

賢悠と婚約していながら家業を継ごうなど、椿原の家の嫁に相応《ふさわ》しくないと不満を漏らす父の陰に、鷺坂の姿が見え隠れしてひどく煩《わずら》わしい。

虚栄心が強く、都合のいい甘言に簡単に踊らされる父は、鷺坂に便利に使われていることに気付いていないるのだろうか。

——まあ、無理だろうな……

そこに気付ける人ならば、自分が見捨てることもなかったのにとため息を吐く。

賢悠とて、親には敬意を払いたいという思いはある。

だが、愛理と引き替えにするほどの価値があの二人にあるかと問われれば、答えは否だ。

「怖い顔をしているわよ」

「失礼。これでも捨てられないよう必死なんだ」

保奈美の指摘に、指でこめかみを叩いて表情を整える。

さらりと惚気《のろけ》る賢悠に、保奈美は不機嫌な顔でテーブル脇のメニューを手に取った。

「そんな必死な顔を、貴方にさせることができる人がいるのね」

本当につまらない……と言って、保奈美はベルを鳴らしてスタッフを呼び年代物のワインを勝手に注文する。

スタッフが目線で賢悠に伺《うかが》いを立ててくるのに、肩をすくめて頷いた。

保奈美の言うとおり、自分をここまで必死にさせるのは愛理だけだ。

愛理のためでなければ、とうに縁の途切れた彼女に連絡をとって、こんな面倒な頼みごとをすることもなかっただろう。保奈美だけでなく、共同研究で知り合った大学教授にも、随分私的な依頼をしている。

普段の自分ならまずあり得ない行動だが、全ては愛理のためだ。

彼女のためになら、自分はなり振り構わず動いてしまう。

持てる人脈を駆使して奔走《ほんそう》する自分の姿を見れば、八つも年下の女にうつつを抜かし、見境がなくなっていると笑う者がいるかもしれないが、そんなものは笑わせておけばいい。

他人の嘲笑《ちょうしょう》など、どうでもいい。賢悠にとって重要なのは、愛理を守り、幸せにできるかどうかだけなのだから。

彼女に見限られないよう、あらゆる手を使って、愛理にとって最高の王子様でいてみせる。

◇　◇　◇

「会社はどうだ？」

病室で父の着替えを手伝っていた愛理は、そう問いかけられて動きを止めた。

背後から着せようとスーツの上着を構えたまま固まる愛理に苦笑いしつつ、浩樹は上半身を後ろに傾け自分で上着に腕を通す。

「……」

浩樹は、スーツの襟元《えりもと》を軽く持ち上げ体のラインに合わせつつ、うーんと唸《うな》った。

「その様子だと、あまり芳《かんば》しくないようだな」

「ごめんなさい」

愛理は、気まずさから視線を落としてしまう。

一度は退院して自宅療養をしていた浩樹だが、夏期休暇を利用して精査入院をしていた。

検査内容の結果、ひとまず父は順調に回復しているようだ。

まだ無理は禁物だが、夏期休暇明けから徐々に職場復帰する流れとなった。

「お前が謝ることじゃないさ。栗原君の話によれば、お前の評判は社内でかなりいいそうじゃないか」

最初は愛理を腫《は》れ物扱い、もしくはお客様扱いしていた社員たちだが、最近は少し打ち解け、挨《あい》拶《さつ》を返してくれるようになった。

それはとても嬉しいのだが、結局、父やＮＦ運輸のためになんの役にも立てていないことがもどかしい。

椿メディカルからの依頼で、一時期はよい方に流れが変わったように思えたが、未だ膠着《こうちゃく》状態が続いている裁判のためか、顧客離れが止まらないらしい。

その動きが賢悠や東条から見て、不自然なほどＮＦ運輸に不利に働いているのだという。

未熟な愛理ではうまく状況を把握しきれないが、彼らの努力が報われない今の状況が、とにかく悔しい。

「みんな頑張ってるのに……」

「仕事が減って時間に余裕ができたなら、新しいことを始めるチャンスだと思って、その時間を使えばいい」

「だね……」

どこまでも前向きな言葉を聞いて、父らしいと愛理はそっと笑う。

その父の姿に、以前、突然の訪問を受けた際の鷺坂会長の言葉を思い出す。きっと父は、挑むタイミングを正しく見極めてここまで事業を進めてきたのだろう。

問題ないと言って笑う父は、愛理を促《うなが》し病室を出た。

そのまま一階の窓口で精算を済ませると、予約しておいたタクシーに乗り込む。

お抱えの運転手を置かず、日頃からタクシーを利用することの多かった父だが、少し前に知ったタクシーの配車アプリが楽しいらしく車の手配を自分でしたがる。

チラリと隣を窺《うかが》うと、スマホを操作する横顔が楽しそうだ。

好奇心旺盛《おうせい》な父は、いくつになっても少年のような遊び心を忘れない。

その姿を喜ばしく思っていると、スマホを操作していた父が顔を上げた。

「そういえば、検査結果が出る日は、組合の勉強会があったな……」

「それなら勉強会の方は、私が代わりに」

東条に任せようかと悩む浩樹に、愛理がそう申し出た。

大学教授などの有識者を招いて行う勉強会は、会の後に意見交換会という食事会が催《もよお》され、同業者の情報交換の場になっているそうだ。

色々足りない今の自分にはいい勉強になると思ったのだが、浩樹の顔が僅《わず》かに曇るのに気が付いた。

同業他社の集まりということは、参加者の中には、後継者としての愛理の言動によって今後のＮＦ運輸を判断する者もいるかもしれない。

「あ、やっぱり私じゃ、見当違いな発言をして恥をかくだけだから、東条さんに任せた方が安心よね……」

勉強会に興味はあるが、未熟な自分の振る舞いが仇《あだ》となり、ＮＦ運輸の評価をこれ以上下げるわけにはいかない。そう判断し、辞退する愛理に、浩樹が聞く。

「確かに東条君に頼めば、問題は起きない。彼なら如才《じょさい》なく振る舞ってくれるだろうが、今、勉強が必要なのは誰だ？」

「……っ」

父のその言葉に、愛理はハッと息を呑む。

そんな愛理の表情を見て、浩樹は反応を探るように目を細める。

「お前の役割の限界を決めるのは、お前自身だ。私が復帰するまでのその場繋ぎで役目を終わらせる気でいるのなら、勉強会は東条君に任せておきなさい。その方が安全だし、誰も傷付かない」

そう語る父は、じっと愛理を見て「どうしたい？」と、問いかけてくる。その表情を見るに、自分の留守を守る愛理の姿に、なにかしらの可能性を感じてくれているようだ。

今までのようにただ無条件に愛しんでくれるのではなく、どこか期待を含んだ試すような父の眼差しに、愛理の心が震える。

「この先の役に立つなら、ちゃんと勉強しておきたい」

そう言い切る愛理に、浩樹は満足げに頷く。

「そう思えるのなら行ってくるといい。今回のテーマは、『物流ネットワークの最適化理論』だったかな。……ただし行くなら、嫌な思いをする覚悟も必要だがな」

「それも含めての勉強でしょ？」

前向きな愛理の問いかけに、浩樹が正解と言いたげに微笑む。

「人生に無駄なものなどない。嫌な体験も、自分の心を強くするための糧《かて》となる。全てをいい勉強の場所だと思って、積極的に動き回るといいさ」

そう返した浩樹は、その場で東条に電話をかけ、勉強会に愛理と一緒に参加してほしいと頼んでくれた。

父の電話のやり取りを聞きつつ、愛理はなるほどと納得する。

全ての経験に意味はあり、そこでなにを感じ取り、どう生かすかは自分次第なのだ。

そう意識を変えるだけでも、勉強会の場に対する心構えが変わってくる。

なにをどう捉《とら》えるかは自分次第なのだと再認識した愛理は、タクシーのシートに背中を預けて、わくわくした思いで勉強会に備え事前に勉強しておけることはないかと考えを巡《めぐ》らせた。

7　君に溺《おぼ》れているから……

「勉強熱心だな」

勉強会の当日、朝食の準備をしながらコーヒーメーカーの前で資料を読み込んでいた愛理は、背中に重なる人の気配にホッと息を吐いた。

「おはよう」

賢悠は、愛理の腰に腕を回し首筋に口付けをする。

彼の唇の感触に反応して、肌に艶《なま》めかしい熱を感じてしまう。

手にしていた資料をキッチンのカウンターに置き、自分の手を賢悠の手に重ねた。

「夜の勉強会に備えて、予習しておきたくて。私が見当違いな発言をして、会社の名前に傷を付けるわけにはいかないから」

そう返し、僅《わず》かに背中を反《そ》らすと、薄いシャツ越しに彼の体温を感じる。そのことを愛おしく思いながら、愛理は瞼《まぶた》を伏せた。

「これだけ熱心に勉強しているんだから、大丈夫だよ」

「うん。それに、東条さんも一緒に参加してくれるから、いざという時はフォローしてもらえると思うし」

彼の温もりに甘えつつ何気なく言うと、賢悠の体に緊張が走った。

どうかしたのだろうかと不思議に思い、体を軽く捻《ひね》って賢悠を見上げると、なにか言いたげな顔をしている。

「どうかしました?」

彼の表情の意味するところがわからず尋ねる愛理に、賢悠は気まずそうに視線を逸らした。

二人の間に流れる奇妙な空気がなんとなく気になりそのまま見上げていると、賢悠は観念したように首筋を掻いて白状する。

「愛理が俺以外の男を頼りにするのが、面白くないんだよ」

「へぇ……?」

賢悠が嫉妬している。想像したこともないことに、思わず間の抜けた声を漏らしてしまう。

愛理のその反応に、賢悠は不機嫌そうに首筋を揉む。

「大人げなくて悪かったな。それだけ俺は、お前に溺《おぼ》れてるんだよ」

賢悠はぶっきらぼうにそう告げると、それ以上愛理に発言させないため唇で唇を塞ぐ。

その強引な流れに、彼の本気の照れと焦りを感じ、心がくすぐったくなる。

この人が愛おしくて仕方ない。

「……愛してます」

彼の頬に指を添え、口付けを解いて思いを言葉にする。

その言葉に賢悠は蕩《とろ》けるように微笑み、愛理の手の甲に口付けをした。

「本当はこのままずっとこうしていたいけど、支度しないとな」

そう言って、賢悠は愛理の腰を軽く叩いて名残《なごり》惜しげに体を離す。離れ際、愛理の頬に口付けをして「頑張って」と、エールをくれた。

そのまま二人分のコーヒーの準備を始める賢悠の背中を眺めながら、愛理は、自分の心に力が湧いてくるのを感じた。

——大丈夫。

賢悠の存在が自分の強さに繋がる。

「頑張ります」

カップの準備をする賢悠の腰に腕を回し、愛理はそう宣言する。

「……誘ってる？」

「バカッ」

からかうように聞く賢悠に笑って返し、愛理は準備を再開した。


その夜、勉強会に参加した愛理は、その後に催《もよお》される食事会にも参加していた。

勉強会はホテルの貸し会議室だったが、食事会は同じホテル内の宴会ホールに場所を移して行われる。

立食形式の食事会の場で、愛理は小さくカットされたサンドイッチやフルーツが載せられた皿を手に佇《たたず》んでいた。

「……っ」

ホール内では勉強会の参加者が各々小さなグループを作って談笑しているが、愛理はどこのグループに参加することもなく、その賑《にぎ》わいを遠目に眺めて、そっとため息を漏らす。

賢悠の抱擁を受けて朝はやる気が漲《みなぎ》っていたが、いざ会に参加してみると、予想以上の風当たりの強さに打ちのめされていた。

せっかく有識者を招いての勉強会なのに、本来のテーマそっちのけで、意見交流のためと言いつつ、ＮＦ運輸が抱えている裁判の進捗状況や、浩樹の健康状態、愛理の知識の程度を探る質問が繰り返された。そして言葉を選びながら答える愛理が言い淀《よど》む度に、さざ波のような冷笑が会場を満たしたのだ。

時折助け船を出してくれる人もいたが、それを上回る悪意ある質問が続き、さすがの愛理も疲れ果てていた。

――なにか言われるだろうとは思ってたけど、これほどまでとは思わなかった……

いくらＮＦ運輸が低迷しているとはいえ、同業者のこの対応は尋常ではない。それを強く肌で感じていても、愛理にはどうすることもできなかった。

この状況に納得できるはずもなく、食事会の席ではうまく立ち回り名誉挽回したいと思っていたのだが、いざとなると心がついていかず、挨拶《あいさつ》回りを東条に任せてこうして佇《たたず》むだけになっていた。

そんな自分が情けなくて唇を噛む愛理だが、それでもまだこの会に参加したことを無駄にしないためにできることをしたいという思いはある。

そんな思いから周囲に視線を走らせていると、一人の人が近寄ってくるのが見えた。

愛理が視線を向けると、かたわらに立った地味な色合いのスーツを着た中年男性が、額《ひたい》の汗を拭いながら口を開く。

「嫌な話の後では、食が進みませんか？」

「えっと……っ」

誰だろうかと記憶を辿《たど》れば、勉強会に出席していた人だと思い出す。だが、名前までは出てこない。

今日の勉強会には、運輸業を営む経営者か、その関係者が参加しているはずだから、東条ならわかるだろうか。

そんなことを思いつつ挨拶《あいさつ》をする愛理に、相手の男性は自己紹介をすることもなく切り出す。

「今の時代は、どこも厳しい状況ですが、ＮＦ運輸さんは、特に最近災難続きですね」

探るような口調でそう切り出す相手に、愛理はまた嫌味を言われるのだと緊張して身構えた。でもそんな愛理を前に、相手もひどく緊張した面持ちで続ける。

「このままここにいても辛いだけでしょうから、少し席を外された方が……」

暗に帰れと言いたいのだろうか。だとしたら愛理は、それに従う気はない。

もちろんこの場にいるのは辛いが、せっかく来たのだから少しでも価値あるものを得て帰りたい。

そう思い、ふと思い立って聞いてみる。

「今日の講演をしてくれた先生を見かけませんでしたか？」

せっかくの講師の話は、愛理を取り巻く悪意が邪魔をして中途半端に終わってしまった。自分の存在が邪魔をしたことを詫びたいし、もっと話を聞きたい。

そう思い、講師を務めてくれた大学教授を捜そうと思ったのだ。

愛理の言葉に、男性はしばし目を丸くした後で首を横に振る。

「今まで、講師の方が食事会に参加されたことはないから、帰ったんじゃないかな」

男性が戸惑いぎみに返すのを聞き、愛理は残念そうに息を漏らした。

「そうなんですね……」

素直に残念がる愛理に、男性はしばし呆然としていたが、すぐに本来の用件を思い出したのか表情を引き締めて話題を戻す。

「そんなことより、ＮＦ運輸さんの未来について貴女と話がしたいという方がいるので、少し場所を変えて話をしてきてみてはどうです？」

そう話す男性は、声のトーンを抑え、やけに周囲を気にしている。

彼のその雰囲気から、悪い予感がする。

「誰ですか？」

訝《いぶか》る愛理に答えるように、男性は戸口付近へ視線を向ける。

その視線を追った愛理は、会場の出入り口に立つ人の姿を確認して息を呑んだ。

――鷺坂さん……!?

広い会場なので距離はあるが、白いスーツを纏《まと》う細身の女性が鷺坂であるとわかった。

今日の勉強会に鷺坂汽船は出席していないはず。それ以前に、彼女は鷺坂汽船社長の娘だが、経営にはノータッチのはずだ。

そんな彼女が、何故この場所に……

戸惑いつつ視線を向けていると、鷺坂は顎《あご》を突き出すようにして会場から出て行く。

かたわらに立つ男性が、愛理に上の階にあるラウンジに行くよう促《うなが》してくるが、鷺坂と話すＮＦ運輸の未来など、ろくなものではないはずだ。

眉間《みけん》に皺《しわ》を寄せ、彼女の出ていった扉を眺めていると、男性が唸《うな》るように言った。

「お願いだから行ってくれ」

切羽詰《せっぱつ》まったその声に視線を彼へと戻すと、男性は深刻な表情をしていた。

「頼むから、ウチまで巻き込まないでくれ」

そう訴える男性は、早口に彼女が指定したラウンジの店名を愛理に告げる。

「……？」

どうやら彼は、愛理を連れ出すよう、鷺坂に命じられているらしい。

何故いい年をした男の人が言いなりになっているのかといえば、彼女が鷺坂紫織だからと言うしかない。

自分を取り巻く嫌な流れの対処法を求めて視線を巡《めぐ》らせば、顔見知りらしき人と話し込む東条の姿が目に入る。

一瞬、彼に相談しようかとも思ったが、なにもかも彼任せにしてしまっては、自分がここに来た意味がない。

それに鷺坂の狙いが自分である以上、愛理がそれに応じるまで、彼女は無関係な人に圧力をかけて同じようなことをしてくるだろう。

それならば……

嫌な体験も、自分の心を強くするための糧《かて》となる。父のその言葉を胸に覚悟を決めた愛理は、東条に気付かれないよう、そっと会場を抜け出した。

指定されたラウンジに向かうと、受付に「貸し切り」のプレートがかけられていた。

「二藤様でしょうか？」

思わず足を止めた愛理に、スタッフが声をかけてくる。

頷きで返すと、スタッフは「お連れ様がお待ちになっております」と、店内へと案内してくれた。

どうやら鷺坂は、愛理と話すためだけにこの店を貸し切りにしたらしい。

これまでのことから考えても、ろくな話ではないのは確かだ。

どんな嫌な話を聞かされても、この前のように動揺してはいけない。自分にそう言い聞かせつつスタッフの案内に従い間接照明のついた薄暗い店内を歩いていく。

すると窓辺の席に、鷺坂の姿が見えてくる。

鷺坂は、景色を楽しむため窓に向けて設置されているソファーに腰掛けていた。

窓から差し込む街の明かりを受けて、彼女の纏《まと》う白いスーツが光を放っているように見える。

込み上げてくる不安を抑えて歩み寄ると、鷺坂がこちらに視線を向けて薄く笑った。

その微笑みに愛理の肌がゾクリと粟立《あわだ》つ。

「座れば？」

顎《あご》でテーブルを挟んだ席を指し示す鷺坂に、愛理は背筋を伸ばし立ったままでいる。そんな愛理に、鷺坂はもう一度命じた。

「座りなさい」

彼女の言いなりになるのは癪《しゃく》に障るが、愛理は渋々腰を下ろした。

「貴女、ＮＦ運輸に入ったんですってね？」

「はい」

警戒心を隠さずに頷く愛理に、鷺坂は嘲《あざけ》りの表情で問いかける。

「なんのために？」

「少しでも会社の役に立ちたいからです」

「貴女一人会社に入ったくらいで、なにが変わるって言うの？」

真摯《しんし》な姿勢で返す愛理の言葉を、鷺坂が鼻先で笑う。そして優雅な動きでソファーの肘掛けで頬杖をつき、愛理に侮蔑《ぶべつ》の笑みを向けて続ける。

「それどころか貴女が就職したことで、顧客離れが加速して、同業者の風当たりも強くなっているのだから、社員の中には貴女のことを厄病神《やくびょうがみ》だと思っている人もいるんじゃない？」

確かに鷺坂の言うとおり、愛理が転職してきたことで事態が改善したとは言い難い。

それに今日の勉強会のような扱いが続けば、今はフォローに回ってくれている東条や栗原だって愛理の存在を重荷に感じるようになるかもしれない。

鷺坂の言葉にギリリと奥歯を噛み締める愛理は、ふとあることに気付き、より不快な表情を浮かべた。

「私に嫌味を言うためだけに、そこまで調べたんですか？」

彼女に敵視されていることは承知しているが、自分の粗《あら》を探してあっちこっち嗅ぎ回られるのは不愉快だ。

その感情を隠さない愛理の表情を眺めて、鷺坂は首を緩く動かす。

「まさか。そんな面倒を私がするわけないでしょ。調べなくても知っているわ」

「……？」

その言葉の意味することはなんだろうかと考えていると、鷺坂が意地悪く微笑む。

「まだ気付かないの？　貴女だって、最近のＮＦ運輸への締め付けの厳しさや顧客離れは、訴訟や社長不在の件だけが原因だとは思ってないでしょ？」

鷺坂のその言葉に、落雷に打たれたような衝撃を覚えた。

驚く愛理の顔を見て、鷺坂は嬉しそうに目を細める。

「いい加減、身のほどをわきまえたらどう？　鷺坂を敵に回すから、そういうことになるのよ」

鷺坂家が、日本を代表する大企業であることは承知している。

もしかしたらさっきの男性の行動は、鷺坂家を敵に回すことを恐れてのものかもしれない。

それだけでなく、誰もが奇妙だと首を捻《ひね》るＮＦ運輸への逆風がどこから吹いているのかも、やっと理解できた。

「なんのために……」

と無意識に口にするが、自分の存在を疎《うと》んじてのことだろう。

だけどそれは、互いの家業を巻き込むようなことではない。

「これは、鷺坂汽船の方も承知のことでしょうか？」

鷺坂会長は、公私を分ける人柄と聞いている。その会長が、いくら孫娘のためとはいえ、こんなことを指示するとは思えない。

それに人柄を語るほど知っているわけではないが、先日対面した鷺坂会長の印象として、こんな横暴な振る舞いを許すタイプにも思えない。

「身のほど知らずのバカにお仕置きするだけのことに、どうして家の許可がいるの？　貴女の存在なんか、お祖父《じい》様の耳に入れるほどの価値もないわ。それに知ったところで、お祖父《じい》様は私の好きにさせてくれるわ」

その台詞《せりふ》で、彼女が独断で家の名前を使っているのだと察せられる。

でもたとえ彼女の独断だったとしても、彼女が鷺坂汽船会長の孫である以上、その指示に従う者も多いのだろう。

——人の心を、会社を、なんだと思っているのだろう。

「……最低です」

絞り出すようにして言う愛理を、鷺坂がせせら笑った。

「貴女と私じゃ、最初から格が違うのよ」

「……」

思い切り愛理を見下す鷺坂は、細い脚を組み替えて続ける。

「前にも言ったでしょ？　欲しいものは必ず手に入れる。なにがあっても妥協はしないって。……それが我が家の家訓なの。そしてそれが許されるだけの、財産も権力もある。貴女の会社がどれだけ頑張るかなんて、鷺坂の名前の前では無価値なのよ」

愛理はグッと唇を噛んで鷺坂を睨《にら》んだ。

そんな愛理を見て、鷺坂はソファーの肘掛けに頬杖をついたまま身を乗り出して満足げに微笑む。

「貴女のその顔が、ずっと見たかったの。成り上がりの娘には、悔しがって唇を噛んでいるその顔がお似合いよ」

ククク ッと、喉を鳴らして笑う鷺坂は、顎《あご》に指を添えて艶《あで》やかに微笑む。

「どうして……」

どうしてそんなひどいことができるのか。

そう問いかけたいのに、怒りで言葉が続かない。

「椿原賢悠は私のものよ」

鷺坂が高らかに宣言する。

「賢悠さんは、私の許嫁《いいなずけ》です」

「そうね。だから、彼のために別れなさい。このままいけば、近い将来NF運輸は間違いなく倒産する。そうなれば、彼にどれほどの迷惑がかかるかわかるでしょ?」

もしそうなれば、きっと賢悠は我がことのように心を痛めるだろう。それ以前に、父や東条と一緒に、倒産を避ける手立てを模索して奔走《ほんそう》してくれるはずだ。

そうなれば以前、彼の父である昭吾が言っていたとおり、自分の存在が賢悠の重荷になるだけでなく、彼の社会的地位を貶《おとし》めることにもなる。

病床に伏してもなお闘志を絶やさない父や、地道に軌道修正しようと策を練って頑張っている社員の顔が思い浮かび、悔しさと怒りに唇を噛む。

そんな愛理の表情を見た彼女は、顎《あご》のラインを指で撫で満足げに目を細める。

「私に恥をかかせた貴女を、絶対に許さない。とことん追い詰めて潰してやるわ」

彼女は、愛理やＮＦ運輸を徹底的に追い詰めると宣言するために、自分をこの場に呼び出したのだ。

「ＮＦ運輸は潰れるわ。それも、貴女のせいでね。そんな悲劇に、彼を巻き込むつもり？　ひどい女ね」

愛理はその言葉に、膝の上で拳《こぶし》を握りしめる。

もしこの人の言うとおりＮＦ運輸の経営が立ち行かなくなれば、自分も会社も賢悠のお荷物になってしまうのは明らかだ。

「卑怯者《ひきょう》」

そう詰《なじ》ったところで、鷺坂を喜ばせるだけだとわかっている。

それでも、込み上げる思いを押しとどめることができない。

愛理の苦悩を満足そうに味わう鷺坂は、とどめとばかりに言う。

「それでも別れないと言うなら、椿メディカルにも圧力をかけるわよ」

「なっ、どうして椿メディカルにまで⁉」

「貴女が嫌いだから。貴女を選ぶなら、彼も地獄に落ちればいいわ」

そう嘯《うそぶ》く鷺坂は、美しい顔にとことん醜悪《しゅうあく》な表情を浮かべていた。

こんな最低な人の圧力に屈して、その命令に従うなんてしたくない。それにもし自分が彼と別れたところで、賢悠が彼女を選ぶことはないだろう。

しかし、そう伝えたところで、彼女の暴挙を止められるとは思えない。

「……」

今のままでは、ＮＦ運輸の置かれている状況は改善されない。でも、愛理に賢悠と別れる未来は考えられなかった。

だからといって、賢悠を不幸にするかもしれない選択をしてもいいのだろうか。

悔しげに唇を噛む愛理を堪能して満足したのか、鷺坂が立ち上がる。

「貴女の会社の創業三十周年パーティーまでには、別れなさい。ＮＦ運輸にとって、最後のパーティーになるでしょうから、全てを終わらせるのにはちょうどいいでしょ」

交渉の余地はないと言わんばかりの態度で宣言して、鷺坂は店を出ていく。

その場に残された愛理が、やるせない思いを紛らわすためにスマホを確認すると、自分を捜す東条と、自分の帰りを待つ賢悠、それぞれからのメッセージが届いていた。

愛理は、東条のメッセージにだけ返信をしてその場を離れた。


「大丈夫ですか？」

車の後部座席で物思いにふけっていた愛理は、その声に反応して視線を運転席に向けた。

ちょうど信号待ちで停車させた東条が、こちらへと視線を向ける。

「大丈夫です。少し、疲れただけです」

髪を掻き上げて微笑んでみせたが、自分でもぎこちないのがわかる。

あの後食事会の会場に戻り、自分を捜す東条と合流した愛理は、平静を装《よそお》い周囲の話に参加するように努めた。でも東条にはその姿が不自然に映ったらしく、適当な口実を作って早めに会場を後にすることになった。

車に乗ると一気に疲労感が込み上げてきて、ついぼんやりしてしまっていた。

東条にこれ以上気を遣わせるわけにはいかないと、無理にでも笑う愛理の姿に、東条が気遣わしげに眉尻を下げた。

どこか寂しげな表情で東条が控えめに問いかけてくる。

「鷺坂汽船のご令嬢と、なにかありましたか？」

「――っ！」

どうしてそのことを知っているのかと驚く愛理に、東条が困り顔で種明かしをする。

「お嬢様を捜している時に、それらしき人を見かけたという人がいたんです。半信半疑だったんですけど」

つまりかまをかけられて、愛理の反応で確信を得たということらしい。

「……」

「鷺坂汽船のご令嬢は、椿原様の秘書をされているんですよね。私でよければ、話を聞かせていただけませんか？」

東条は「私では頼りないでしょうか」と、真摯《しんし》に問いかける。

「頼りないというわけじゃないです。ただ……」

あまりに理不尽な仕打ちに打ちのめされ、話す気力も湧いてこないのだ。それに言葉にすることで、彼女の存在を強く意識してしまうのも怖い。

「椿原様には及ばないかもしれませんが、私にもできることはあります。それにお嬢様を支えたいという気持ちは、あの方に負けない自信があります」

頼られないことが不満なのか、そう語りかける東条はどこか悔しげだ。

そこまで言われて何も打ち明けないのは、彼に失礼なのかもしれない。

それにここしばらくのＮＦ運輸の業績不振の原因がここにあるのなら、せめて東条にはそのことを話しておくべきだろう。

目の前の信号の色が変わり、車が滑《なめ》らかに動き出すのを合図に、愛理は鷺坂に聞かされた話を東条に打ち明けた。

ことの始まりは鷺坂が賢悠を自分の夫にしようと考え、邪魔な存在である愛理を排除しようと決めた。そのためにと茶会の席を皮切りに度重なる嫌がらせをしてきた。

そしてその嫌がらせは愛理個人に対してだけでなく、会社に圧力をかけるところまで及んでいる。

「ふざけてる」

愛理の話を黙って聞いていた東条が呟き、ハンドルを握る手に力を込める。

「ごめんなさい」

役に立ちたい、そう思っていたのに、自分の存在が事態を悪化させる原因になっていたなんて……

いたたまれない思いで詫びる愛理に、東条がとんでもないと荒い息を吐く。

「間違っているのは向こうです」

強い口調でそう断言する東条は、そのままの勢いで「ウチは、そんな圧力に負けたりしません」と断言した。

彼の強い言葉に、沈みきっていた愛理の心が、微かに浮上する。

「私も、こんなことに負けたくないです」

ＮＦ運輸に就職して、改めて父の偉大さに気付いた。

温厚で子煩悩で、大真面目に物語のような夢を語る子供っぽい父だけど、一代で会社を立ち上げ今の地位を築くまでに、どれほどの努力をしてきたか計り知れない。

父の会社は、あんな傲慢《ごうまん》な女の、愛理が気に入らないなんて理由のために潰されていいものではない。

それに賢悠に対する思いだって、絶対に手放すことはできない。

——私も彼に溺《おぼ》れている。

今朝賢悠は、自分が愛理に溺《おぼ》れていて、だから大人げない嫉妬をしてしまうのだと話していた。

でも愛理だって十分に賢悠に溺《おぼ》れている。

彼を失うくらいなら、死んだ方がまし。本気でそう思えるほど賢悠を愛しているのだから、離れることなんてできない。

だからといって彼や椿メディカルに、迷惑をかけるわけにはいかない。

そのためになにができるだろうと思考を巡《めぐ》らせると、耳の奥に自分を「ひどい女」と嘲笑《あざわら》った鷺坂の声が蘇《よみがえ》る。

もちろん鷺坂が正しいとは思わないが、自分が彼を不幸にしてしまうのではないかという不安は拭えない。

「……お嬢様？」

込み上げる不安に気持ちが押し潰され、バックミラー越しにこちらに視線を向けてくる東条に応《こた》えられない。

これ以上彼と話していると、泣いてしまいそうな気がして、愛理はドアに寄りかかるようにして目を閉じた。

優しい東条のことだから、寝ているとわかれば、話しかけてこないだろう。

案の定、愛理が目を閉じていることに気付いた東条は、空調を調節して運転速度を落としてくれる。

愛理の耳に東条の「お嬢様は私が支えます」と囁《ささや》き声が届く。

「ありがとう。東条さんには、随分助けられています」

そんな愛理を小さく笑い、東条は車を運転する。

「到着しました」

丁寧な運転の心地よさに身を預けていた愛理は、目を開け手櫛《てぐし》で髪を整えた。

スーツの裾《すそ》を直している間に、東条が車を降りて愛理のいる後部座席のドアを開けてくれる。

片手でドアを開き、もう一方の腕を車体に添え、愛理が頭をぶつけないようカバーしてくれた。

だいぶ慣れたけれど、そうされると車から降りる際、かなり彼と接近することになる。

「……ありがとうございます」

男性経験の極端に少ない愛理は、その度に緊張してしまうのだ。

鞄を肩にかけて車の外に足を出したタイミングで、東条に手を取られ引き寄せられる。

突然のことに驚く間もなく、彼の腕の中に抱きしめられた。

「……ぁっ」

賢悠以外の男性を、こんなに近くに感じたことはない。

驚き緊張する愛理の肩に顔を埋《うず》めて東条が囁《ささや》いた。

「私なら、人生の全てを捧げます。会社も必ず立て直します。……だから、私との未来を、考えてみてはいただけませんか？」

「……え」

思ってもみない東条の告白に、愛理はただ戸惑うばかりだ。

言葉もなく俯《うつむ》く愛理の髪に、東条の指が触れる。そのまま髪を掻き上げようとした東条の腕が、勢いよく愛理から離れた。

「賢悠さんっ？」

驚き顔を上げた愛理は、東条の肩越しに見える人の姿に目を見開く。

「帰りが遅いから、見にきたんだ」

そう告げる賢悠は、二人の間に体を割り込ませるようにして、愛理を自分の方へ引き寄せた。

よく見ると賢悠は、部屋で過ごす際のラフな服装をしている。

驚く愛理の腕から鞄を取り上げ、賢悠は東条へと視線を向ける。

「そんな顔で私を睨《にら》むくらいなら、もっと自分に与えられた幸運を大事にするべきです」

賢悠の眼差しを受けても、臆する様子のない東条が言う。

「そうしている」

その答えに東条が納得していないのは彼の目を見ればわかる。

「貴方の存在がお嬢様を不幸にしていると、考えたことはありませんか？　もっと凡庸《ぼんよう》でなんの重責も背負っていない男の方が、お嬢様を守れると思ったことはありませんか？」

感情を押し殺した声で、東条が問いかける。

東条の言葉に賢悠が拳《こぶし》を握りしめ、肘を高い位置へと上げた。

「駄目っ」

彼の次なる行動を予測して愛理がその腕に抱きつくと、賢悠が冷静さを取り戻し拳《こぶし》を下ろした。

そして東条から視線を逸らすと、愛理の手を引いて歩き出した。

「ウチに帰ろう」

「ちょっ、賢悠さん……痛いです」

やけに早足でマンションのロビーを進む賢悠に、愛理は訴えた。いつもなら愛理の歩調に合わせてくれる彼らしくない。

「ごめん」

愛理に言われて初めて気付いたといった様子で、賢悠が手から力を抜き歩調を緩めてくれる。

それでも掴んだ手を放す気はないようだ。

エレベーターに乗り込むタイミングで賢悠がやっと手を解いてくれた。

「悪かった」

エレベーターの壁に背中を預け、口元を手で隠して謝罪する。

そしてそのまま重たい息を吐いた。

心配して見上げる賢悠の顔は、今まで見たことがないほど苦痛に満ちている。

「お前と彼の姿に、自分の感情が抑えられなかった。彼が言うとおり、俺がもっと身軽ならどれだけよかったか……、いつもそう思っている」

賢悠は、ひどく苦いものを口にするような表情で自分の胸の内を晒《さら》す。

初めて見る弱気な表情に、思わず賢悠の頬に手を伸ばすと、すかさずその手を掴まれ強く引き寄せられた。

「……」

「……」

そのまま唇を重ねられると、愛おしさが込み上げてくる。

「もし別れた方がお互いのためになると言ったら、賢悠さんは、私と別れますか？」

唇を離し、彼の目を見つめて問いかける。

愛理の言葉を耳にした瞬間、賢悠の瞳に怒りの炎が灯《とも》るのが見て取れた。

「ふざけるな」

愛理に情熱的な眼差しを向け低く唸《うな》る賢悠は、不意に憂《うれ》いのある表情を見せて「俺の気持ちはどうなる？」と、問いかける。

「けん……」

噛みつくような口付けをされて、愛理は息を呑む。

そして彼の激しい感情を一身に受けて、愛理は自分の中に燻《くすぶ》る不安を彼に否定してほしかったのだと気付く。

なにがあっても別れたくない。それは愛理の独りよがりなワガママではなく、二人の思いなのだと実感したかったのだ。

自分にしがみ付くような抱擁をする賢悠の力強さに、愛理の心が「離れたくない」と叫ぶ。

「ありがとうございます」

愛理も彼の服にしがみついて抱擁を返すと、指定した階に到着したエレベーターが開いた。

愛理を強く抱きしめる賢悠は、時折唇を重ね、もつれ合うみたいにして自分たちが暮らす部屋へと進んでいく。

そして愛理を抱きかかえて玄関に入ると、玄関ドアが閉まる間を待つのも惜しむように、その場で愛理の唇を求めてきた。

「愛理……っ」

熱い吐息を漏らしながら名前を呼ばれ視線を向けると、そのまま唇が重なった。

左手を愛理の頬に添え、床に落ちた鞄にも構わず右手で愛理の肩を壁に押さえつける。そうやって与えられる口付けは、愛理に息をする暇も与えてくれない。

「……くぅっ」

唇を深く重ね、賢悠は愛理の口内に自分の舌をねじ込んでくる。

愛理の顎《あご》を捉《とら》える指先からも彼の熱情が伝わってくるような、激しい口付けだった。

一緒に暮らすようになって、何度も賢悠と唇を重ねてきたけれど、そのどれとも違う熱を唇から感じる。

口内の奥深くまで忍び込む舌の感触に息苦しさを覚えるが、今の愛理は、その息苦しさにもっと溺《おぼ》れたいと思う。

上顎《うわあご》や舌の裏側まで彼の舌で撫でられる。愛理が彼の舌に自分のそれを絡めると、肩に触れる賢悠の手に力がこもった。

互いの唾液が自分の口内で混じり合うのを感じながら、愛理は彼の左手に自分の右手を添えた。

重なる指に気をよくしたのか、賢悠の舌の動きが激しさを増す。

舌で口内の粘膜を丹念にくすぐっていた賢悠は、軽く唇を浮かせると、愛理のふっくらとした唇を舐《な》めた。

ヌルリとした舌の動きに、愛理の喉が痙攣《けいれん》する。そうすることで、口内に溜まっていた唾液が、喉の奥へと流れていった。

今までになく激しい口付けに、酸欠で膝の力が抜けていく。

愛理は無意識に、左腕を彼の背中に回した。

「キスだけでこんな顔をするのに、別れられるわけないだろう」

口角を持ち上げて囁《ささや》く賢悠は、再び愛理の唇を貪《むさぼ》っていく。

激しく舌を絡めてきたかと思えば、愛理の唇を離れ、耳朶《じだ》や首筋をしゃぶってくる。ヌルリとした舌で敏感な肌を撫でられると、ゾクゾクした痺《しび》れが体を包み込むのと同時に、下腹部に鈍い疼《うず》きを感じてしまう。

普段、紳士《しんし》的で優しい彼からは想像できない煽情《せんじょう》的な舌の動きに、愛理の意識が甘く霞《かす》んでいった。

愛理の体から力が抜けていくのを見計らったように、賢悠が耳元で囁《ささや》く。

「もし俺と本気で別れたいと思うなら、この手を振り解いて部屋を出ていけばいいよ」

そう言いつつも、賢悠はより強く愛理に体を密着させ、彼女の動きを封じてしまう。

「ズルい」

そんな愛理に賢悠は「ズルくてもいい」と呟き、それでも愛理を逃がさないと宣言するように再び唇を重ねてきた。

「それくらい、お前を愛しているんだ」

賢悠の告白に、愛理の心が甘く震える。

「私と一緒にいることで、賢悠さんが不幸になるとしてもですか？」

愛理から零れ出た不安を、賢悠は愚問だとばかりに息を吐きながら否定する。

「お前を失う以上の不幸はない」

賢悠のその言葉に、愛理も深く頷く。

「私もです」

彼を失いたくない。だからと言って、一緒にいることで彼を不幸にもしたくない。

今のこの苦難が彼と一緒にいるために必要な試練だというのなら、絶対に乗り越えてみせる。

そう覚悟を決めた愛理は、自分から彼に唇を重ねて言う。

「私も、賢悠さんだけを愛しています。だから……」

この手を決して放さないでほしいと、重ねた手に力を込めた。

「ああ、なにがあっても別れない」

そう宣言して賢悠は、愛理から体を離した。

賢悠の体と壁に挟まれていた圧迫感から解放されると、呼吸が楽になると同時に、いよいよ膝から脱力してその場に崩れ落ちそうになる。

素早く屈《かが》んだ賢悠が、愛理の膝裏と背中に腕を滑り込ませて支えてくれた。

「けん……」

賢悠に軽々と抱き上げられた愛理は、その浮遊感に驚き、咄嗟《とっさ》に彼の首筋にしがみつく。

するとそんな愛理の反応を喜ぶように、賢悠は彼女の頬に口付けをしてそのまま歩き出した。

抱き上げられた状態で歩かれると、その一歩一歩の振動を強く感じてしまう。

賢悠が自分を落とすようなことはないと信じていても、つい彼の首にしがみつく腕に力を込めてしまう。

「落とさないよ」

愛理の素直な反応に、賢悠が再び愛おしげに頬に口付けをする。

愛理を抱きかかえたまま賢悠は寝室へ進み、肩で器用に室内の照明をつけると、愛理の体をベッドに横たえた。

「えっと……」

この状況が意味することを予測しつつ、それでも賢悠に確認してしまう。

愛理の視線を受けながら、ベッドの上で膝立ちになった賢悠が返す。

「今すぐ愛理に触れたい」

そう言って、愛理のスーツのジャケットを脱がせてくる。

普段の彼らしくない切羽詰《せっぱつ》まった熱が、彼の声に滲《にじ》んでいる。

ベッドに広がる愛理の髪を押さえ込むように、賢悠がベッドに手をつき見下ろしてきた。

心から愛している人にここまで真剣に求められることに、女としての幸せが込み上げる。

「触って」

小さな声で愛理がそう言うと、賢悠は片手で愛理の両手首を捉《とら》えながら唇を重ねてきた。

「……ふぁっ」

さっきの激しい口付けとは違う甘い口付けに、鼻から抜けるような声が漏れてしまう。

愛理の存在を確かめるみたいな優しい口付けをしていた賢悠だが、顔を上げて申し訳なさそうに見つめてきた。

「ごめん。今日は、優しくしてやれる自信がない」

そう詫びる賢悠の目は、ひどく野性的な色をしている。

それは愛理の知らない賢悠の顔で、見つめられている愛理を落ち着かなくさせた。

愛理は無意識に脚を擦り合わせて身じろぎをする。

賢悠はそんな愛理の脚の間に自分の脚を片方割り込ませて、彼女の脚を閉じられなくした。

「愛理の緊張した顔も、そそられるな」

甘く掠れた声で囁《ささや》き、賢悠は愛理のシャツをたくし上げる。

乱暴な手つきでキャミソールも一緒に捲《まく》られ、ブラジャーに包まれた胸が露《あら》わになった。賢悠はブラの上から愛理の乳房を揉み始める。

「あっ」

愛理がビクッと体を跳ねさせた。

賢悠は両手で愛理の胸を強く揉みしだいた後、ブラも捲《まく》り上げ、剥《む》き出しになった愛理の乳房に指を這《は》わせる。

緊張で敏感になっている肌を、彼の指の腹が撫でていく。

ゆっくりと乳房全体を撫でていた指が、徐々に胸の先端へと移動していき、色素の薄いピンク色の乳輪の上を滑る。

一気に加速していく愛撫《あいぶ》に戸惑い、愛理は首を動かしてイヤイヤをする。だが、手首を押さえ付けられ、上からのしかかられている状態では抵抗することもできない。

「イヤ？」

もどかしげに身を捩《よじ》る愛理に、賢悠が聞く。

その問いに、愛理は小さく首を横に振る。

彼に触られることを嫌に思うはずがない。ただ自分を求める彼があまりにいつもと違うので、戸惑ってしまうのだ。

その緊張がさらなる刺激を呼ぶ。彼の指が肌を這《は》う度に、肌と指が擦れる摩擦が甘い痺《しび》れとなり、愛理を包み込んでいく。

その刺激に愛理がもどかしげに腰を動かすと、賢悠はわざと愛理の股の間に割り込ませていた脚を動かし付け根を刺激してきた。

「やぁ……っ」

下半身への不意打ちの刺激に、愛理が苦しげな息を漏らすと、賢悠が加虐性を感じさせる笑みを浮かべた。

「その声は、嫌がっている声じゃない」

そう囁《ささや》く賢悠の指が、愛理の胸の先端をつねった。

「――っ」

人さし指と親指で胸の尖りを摘まれ捻《ひね》られると、柔らかかったはずの尖りに芯ができ硬く突き出る。

その変化を指先で感じている賢悠は、勝ち誇ったような表情を浮かべて愛理の顔を覗《のぞ》き込んできた。

「ほら、愛理の体は、俺に触られて気持ちよくなっている」

「……っ」

自分でも感じている体の変化を、他人に言葉で自覚させられるのはひどく恥ずかしい。

でも賢悠は、羞恥心《しゅうちしん》から視線を落とす愛理の顔を覗《のぞ》き込み「わかるだろ?」と、ことさら強い刺激を与えてくる。

「あ……ぁっ」

痛みを伴う強い刺激に愛理が熱い息を漏らすと、その吐息を求めるように賢悠が唇を重ねてくる。

そうしながら彼の手は、さらに激しく愛理の胸を愛撫《あいぶ》していった。

柔らかな胸は賢悠の手の動きに合わせて柔軟に形を変え、その刺激で愛理の体の奥が疼《うず》いてしまう。

腰の辺りから湧き上がってくる強い疼《うず》きに、愛理が堪《たま》らず腰をくねらせた。

「服が邪魔だ」

そう呟くなり、賢悠は上体を起こし、たくし上げていた愛理のブラウスのボタンを一つ一つ外していく。ブラウスのボタンを全部外すと、今度は腰を撫でるように手を下げて、スカートのホックを外し、ファスナーを下ろしていった。

もどかしげに愛理の服を脱がす賢悠に応《こた》えるように、愛理も自ら動いて彼の動きを補助する。

愛理のスカートと下着を一気に脱がせた賢悠は、自分の服も素早く脱ぎ捨て、再び愛理の体に覆《おお》い被さった。そして、全てのボタンを外したブラウスを愛理の肩から下ろす。

しかし、袖《そで》口のボタンを外していなかったため、手首のところで引っかかってしまった。

「……ッ」

袖《そで》口で留まったシャツに、愛理が戸惑いの視線を賢悠に向ける。すると艶《つや》のある眼差しで賢悠が微笑んだ。

端整な顔立ちの彼にそんな眼差しで微笑まれると、女性としての本能が疼《うず》く。

美しい獣に魅了された獲物のように息を呑んだ愛理に口付けて、賢悠が笑みを深めた。

彼は愛理の左肩に手をかけ彼女の上半身を軽く捻《ひね》らせると、手首でクシャクシャになっていたブラウスで愛理の両手を縛ってしまう。

「え……っあの……」

「これでいい」

満足げに呟いた賢悠は、愛理を仰向けに戻す。

姿勢としてはさっきの状態に戻っただけだが、背後で拘束された腕により彼に胸を突き出しているようになって恥ずかしい。

胸の膨らみを強調するような体勢はひどく淫《みだ》らな気がして、愛理は羞恥心《しゅうちしん》から身を捩《よじ》ろうとした。

けれど、賢悠に肩を押さえられればどうすることもできない。

淫《みだ》らな姿勢を賢悠に見下ろされていると、恥ずかしくてしょうがないのに、体の奥に奇妙な興奮を覚えてしまう。

「賢悠さん、解いて」

こんな状況で体の奥を疼《うず》かせる自分に戸惑い、愛理がそう訴えるけれど、賢悠が聞き入れてくれる気配はない。

賢悠はさっきと同じように、愛理の脚の間に自分の脚を割り込ませ体を密着させてくる。

「大丈夫。愛理が本気で嫌がることはしないよ」

覆《おお》い被さり愛理の首筋に口付けをしながらそう囁《ささや》く。

彼の唇が立てるクチュリッという湿った音に首をすくめる。賢悠の唇は、そのまま愛理の首筋を這《は》い胸の頂《いただき》に触れた。

唇の動きに合わせて両手で左右の乳房を押し上げ、硬く尖った先端を唇で咥《くわ》えられると、愛理の肩が大きく跳ねた。

「あん……っ」

指の愛撫《あいぶ》で敏感になっていた尖りを舌で舐《ねぶ》られ、愛理は甘ったるい声を漏らした。

そんな愛理の反応を楽しむように、賢悠は舌をねっとりと巻き付けてくる。

片方の乳房を舌で味わいながら、もう一方の乳房の先端は指で転がす。

両手の自由を奪われ、彼にのしかかられている愛理は、その淫《みだ》らな刺激をただ受け止めることしかできない。

「もっと声を出してごらん。その方が気持ちいいから」

もどかしげにシーツの上で踵《かかと》を滑らせる愛理に、賢悠が命じてくる。

そしてすぐに、唇を愛理の胸へ戻してしまう。

今度はさっき舐《な》めていた方とは逆の乳房を口に含み、彼の唾液で濡れているもう一方の胸の尖りを指で転がし始めた。

唾液の滑りを借りて動く彼の指は、乾いた状態の肌にするそれとは違い、より淫靡《いんび》な刺激を愛理に与えていく。

気になってつい視線を向けると、唾液に濡れた自分の胸が艶《なま》めかしい光を帯びていて、いたたまれない気分になった。

「……やっ」

あまりに淫靡《いんび》な光景に息を呑む。愛理の視線に気付いた賢悠は、上目遣いでこちらに視線を向け、わざと白い歯を見せて愛理の胸の尖りを甘噛みしてきた。

「あん……ゃ……ぁっいやぁ……それ感じちゃうの……」

甘いだけじゃないピリリとした刺激に、愛理の体が強い反応を示し、鼻にかかった甘い声を出す。

さっきの賢悠の言葉に従ったわけではないが、自分のものとは思えない媚《こ》びた甘い声を意識したら、体の奥に燻《くすぶ》る興奮がよりいっそう昂《たかぶ》っていく。

それと同時に、擦り合わせた脚の付け根に、熱い蜜が溢《あふ》れてくるのを感じた。

「感じてる」

両ももの間に割り込ませた脚で、愛理の体の変化を感じ取った賢悠が言う。

「言っちゃヤダ」

わかっていても、言葉で告げられると恥ずかしくて堪《たま》らない。

それなのに、愛理の体は貪欲に彼の言葉も刺激として受け取り、さらなる蜜を溢《あふ》れさせてしまう。

「嘘は言ってないよ」

意地悪さを含んだ声で言い、賢悠は再び愛理の胸を刺激していった。

それと同時に、脚をゆっくり上下させ愛理の陰唇を刺激する。

「賢悠……さんっ」

快感に耐えるようにブラウスで拘束された手で拳《こぶし》を作る。だが、そうしたところで大した効果はなく、溢《あふ》れ出た蜜が彼のももを濡らしていくのを、悩ましく感じているだけ。

「愛理が、こんなにいやらしい体をしているなんて思わなかった」

「違う……っ」

恍惚《こうこつ》の息を漏らす賢悠に、愛理は首を横に振る。

愛理がいやらしい体をしているのではなく、賢悠の与える刺激が、彼女の体をそのように作り替えてしまったのだ。

でもそのことを告げると、今以上に淫《みだ》らに作り替えられてしまいそうで怖い。

「愛理、自分で脚を開いて」

散々愛理の乳房を堪能していた賢悠が、上半身を起こして言う。

その声がやけに艶《つや》っぽくて、散々焦《じ》らされ思考がぼんやりしていた愛理は、深く考えることなく脚を広げた。

そうしたことで濡れた蜜口が外気に触れ、たちまち羞恥心《しゅうちしん》が込み上げてくる。

慌てて脚を閉じようとしたけれど、逞《たくま》しい賢悠の手に膝を掴まれ、さらに大きく割り開かれてしまった。

「やっ……駄目っ」

自分の痴態が恥ずかしく、愛理は切ない声を漏らした。

「愛理のそこ、すごく濡れてるよ。……このまますぐに入れても大丈夫そうだ」

割り広げられた秘所に視線を向けて、嬉しそうに賢悠が告げる。

たぶんそのとおりだろう。

愛理自身、自分の体がひどくいやらしい反応を示しているのはわかっている。

そのまま挿入されると思っていたら、愛理の膝を大きく割り広げた賢悠が、そこに顔を沈めてきた。

「あ……っ！」

濡れた陰唇に、彼の唇が触れる。

チュチュッと湿った音を立てて、ひくつく陰唇を舌と唇で愛撫《あいぶ》され愛理は喉を反《そ》らして喘《あえ》ぎ声を上げた。

「やっ……ダメッ、汚いからっ」

一日仕事をして汗をかいた肌、しかも一番恥ずかしい場所を彼の舌先で舐《ねぶ》られて、愛理が拒絶の声を上げた。

「やめて……」

愛理はか細い声で懇願《こんがん》する。

本当は彼の顔をそこから押しのけたいのに、手の自由が奪われていてそうすることもできない。

「汚くないよ」

艶《つや》のある声で囁《ささや》き、賢悠は愛理のももの裏側に腕を回すようにして膝を掴む。そうされると、自分の意思で脚を閉じることができなくなってしまう。

愛理の両手を拘束し、脚の動きも封じた賢悠は、陰唇の割れ目を舌でなぞり、そのまま肉芽を口に含んでチュチュッと吸い上げてきた。

「あんっ……ぁ………あっ」

その容赦ない愛撫《あいぶ》に、全身を痺《しび》れさせて愛理は喘《あえ》ぐ。

いつの間にか硬く敏感になっていた肉芽を舌で転がされ吸われると、下半身が蕩《とろ》けていくような感覚がして怖くなる。

「け……ゆ……っ……さん」

強烈な刺激に、目尻に涙が浮かんできた。

愛理が肩を揺すって身悶《みもだ》えている間も、賢悠の舌は愛理を嬲《なぶ》り続ける。

拘束された状態での抵抗は、ただただ体力を消耗するだけだ。それがわかっていても、強すぎる快楽に溺《おぼ》れていくのが怖くて、もがくのをやめられない。

しばらくして愛理の抵抗が弱まったところで、賢悠はももに絡めていた腕を解き、指で愛理の包皮をめくって再び肉芽を舌で転がす。

そのまま剥《む》き出しの敏感な粒を強く吸われ、愛理は強い快楽に襲われた。

「――っ！」

敏感な場所を執拗《しつよう》に愛撫《あいぶ》され、愛理の瞼《まぶた》の裏に白光が走り、腰がカクカクと痙攣《けいれん》した。

一気に脱力した愛理の顔に、賢悠が自分の顔を近付けてくる。

「達《い》った？」

どこか嬉しそうな賢悠の問いかけに、愛理は首を動かして答えた。

愛理の顔を覗《のぞ》き込む賢悠は、愛おしげに口付けを与えてくるが、まだ満足してくれないのか愛理の蜜壺の中に指を沈めてくる。

「ヤァッ！　本当に……もう駄目なのっ」

髪を振り乱して愛理が首を横に振る。

だけど賢悠は、その訴えを受け入れることなく愛液で蕩《とろ》けた蜜壺に指を深く沈ませた。

「駄目じゃないよ。もっと感じて、俺のことしか考えられなくなればいい。……ほら、自分の中が、俺の指に反応してヒクヒク動いているのがわかるだろ？」

さっきの東条に抱いた嫉妬心がまだ心に燻《くすぶ》っているのか、賢悠はいつになく執拗《しつよう》に愛理を嬲《なぶ》ってくる。

愛理に自分の存在を深く認識させるように、ことさら卑猥《ひわい》なことを囁《ささや》きながら、淫《みだ》らな水音を立てて愛理の中をかき乱していく。

その刺激に、達したばかりの愛理の膣がキュッと窄《すぼ》まる。

敏感になっている膣肉を指で無理矢理引き伸ばされて、さらなる蜜が滴《したた》り落ちた。窄《すぼ》まる膣肉を賢悠の指に揉みしだかれる間、抵抗する術《すべ》を持たない愛理は、もどかしげに体をくねらせるしかできない。

「賢悠さん……もう、ホントにっ」

与えられ続ける刺激に、何度も腰をカクカク痙攣《けいれん》させながら愛理が訴える。賢悠も愛理の限界を見極めたのか、渋々ながら中から指を抜き去り、体を離してベッドサイドのチェストから避妊具を取り出した。

避妊具を装着した賢悠は、くたりと脱力する愛理の脚を再び押し広げ、秘裂に自分の屹立《きつりつ》を添わせる。

愛液と唾液でふやけた陰唇に、熱く滾《たぎ》る彼のものが触れるのを感じると、それだけで愛理の膣がまたキュッと窄《すぼ》まってしまう。

その反応は肌を密着させる賢悠にも伝わったらしく、彼が熱い息を吐いた。

「愛理、俺を感じて」

そう囁《ささや》いて賢悠が愛理の中に自分のものを沈めていく。

「あっ………ぁあぁっ……はぁっ」

ゆっくりと沈んでくる賢悠のものの大きさに、愛理は一瞬息を詰まらせ、酸素を求めるように喉を反《そ》らした。

散々焦《じ》らされ、感じきった体に、賢悠は圧倒的な存在感を放って自身を沈めていく。

痛みはない。

ふやけきった膣は賢悠のものを歓迎し、わななくように彼に絡み付く。

「愛理の中、ヤバイな」

グッと奥深くまで愛理を貫いた賢悠が唸《うな》る。

次の瞬間、愛理の腰のくびれを両手で掴み、激しく腰を突き動かしてきた。

乳房が揺れるほど強く腰を打ち付けられ、愛理の口から声にならない悲鳴が上がる。

みっちりと隙間なく秘所に押し込まれた屹立《きつりつ》が律動する度に、その摩擦が愛理を内側から刺激して、再び限界へと追い詰めていく。

「やぁ……っ。けん……………さぁ……」

蜜に濡れた媚肉を擦られる感触に、愛理の膣が貪欲に震えてしまう。

ビクビクと痙攣《けいれん》する膣壁を何度も彼のもので擦られるうち、愛理の意識が白くぼやけていく。

激しく腰を打ち付けられ、微かに痛みを感じるほど荒々しく膣を擦られる。

彼のものが、自分の最奥《さいおう》に触れているのを感じた。

彼に奥を突かれる度、悦楽《えつらく》が波紋のように愛理の体を支配していく。

そのまま、多幸感に溺《おぼ》れてしまいそうになる。

「けん……解い……てッ」

快楽に身悶《みもだ》えながら、泣きそうな顔で愛理が「私も触れたい」と、口にすると、賢悠が熱い息を漏らす。

「わかった」

そう言うなり、賢悠はズルリと自分のものを愛理の中から引き抜いた。

勢いよく彼のものが抜き去られる感覚に、愛理が背中をわななかせる。上体を起こしてベッドに胡坐《あぐら》をかいた賢悠は、愛理を起き上がらせて自分の膝の上に座らせた。

大きく脚を開き、賢悠の膝を跨《また》いだ姿勢で向かい合う。そうすると、淫《みだ》らな蜜に濡れた陰唇に彼の熱く滾《たぎ》ったものが触れるのが見えて、ひどく恥ずかしい。

「こら、逃げたら駄目」

気恥ずかしさから腰を引いてしまう愛理を、賢悠が優しい声で窘《たしな》める。

そして正面から抱きしめるように愛理の背後へ腕を回し、腕の拘束を解いた。

ぴったりと密着した肌から、彼の汗と性の匂いを感じて愛理の下腹が疼《うず》く。

今さらながらに、彼に求められることが、どうしようもなく幸せなのだと思い知る。

「賢悠さん……」

腕の自由を取り戻した愛理は、愛おしい人の名前を呼んでその体を抱きしめた。

筋肉で引き締まった賢悠の胸に顔を埋《うず》めると、唇に仄《ほの》かな塩味を感じた。それさえも愛おしく、抱きしめる腕に力を込める。

そんな愛理の体を抱きしめ返し、賢悠が「もっと俺を感じたい？」と、蠱惑的《こわくてき》な声で囁《ささや》いた。

今以上に彼を感じたら、自分はもう、彼なしでは生きていけなくなってしまうかもしれない。

でもその方が、彼と離れるよりずっと幸せだと思う。

「……ンッ」

快楽にぼやけた頭で、さらなる幸せを求めて愛理が頷く。

「じゃあ、もっと淫《みだ》らなことを教えてあげる」

どこか意地の悪さを含んだ色っぽい声に、愛理の子宮がビクリと疼《うず》いた。

愛理の腰を左右の手で支えた賢悠は、彼女の腰を少し浮かせるように誘導すると、自分の方へ強引に引き寄せる。

「――ぁっ！」

驚くと同時に、蜜に濡れた柔肉が抵抗なく彼のものを呑み込んだ。

クニュッと、膣壁を押し広げていく感覚に愛理の腰がわななく。

あまりにも濃厚な刺激に、愛理は膝をついて立ち上がろうとした。でも膝裏に腕を回されてどうすることもできない。

「あ……ッやぁッ……奥……当たるっ」

「知ってる」

賢悠の荒く吐息まじりの声を聞けば、彼が愛理で気持ちよくなっているのがわかる。

まだ性経験の浅い愛理が知るセックスは、賢悠に組み敷かれ彼に与えられるものだった。

しかし今彼に求められている姿勢は、自分が彼の膝の上に跨《また》がり、向き合った状態で深く腰を沈めるというものだ。

「……ぁっ……ッ」

初めての体位に戸惑い、彼の背中に必死にしがみつく。

そうやって体を密着させると、より深く敏感な場所で彼を感じて腰がわななく。

その感覚が気持ちよすぎて、愛理はもがくように腰を動かしてしまう。

その度に全身が甘く痺《しび》れて、彼の体に溺《おぼ》れていく感覚に襲われる。

「ヤァ……気持ちよすぎて……怖……ぃの」

本気でそう思っているはずなのに、頭のどこかでは彼にもっと溺《おぼ》れたいという気持ちもある。

そんな愛理の本音を見透かしているのか、賢悠は彼女の耳に唇を寄せて甘く掠れた声で囁《ささや》く。

「自分でも腰を動かして、もっと俺を気持ちよくして」

そう告げて口付けをすると、賢悠は愛理と体を繋げたまま脚を伸ばしてベッドに横になる。

「あ……ぁっ」

彼の体勢が変わったことで、彼のものがより深く入り込んだ。その感覚に、愛理が甘い喘《あえ》ぎ声を漏らす。

賢悠はそんな愛理を熱く見つめ「自分で動いて」と、愛理の腰を撫でる。

「……っ」

今日の彼は、意地悪が過ぎる。

でも彼のその意地悪が、自分を愛し嫉妬心に駆られてのものだとわかっているから、もっと虐《いじ》められてもいいと思ってしまう。

「愛理、すごくいやらしい顔をしている」

情熱的な眼差しを向けられると、彼を意地悪だと詰《なじ》りたい気持ちが萎《な》えてしまう。

彼に触れたいと言ったのは自分だ。それに愛理にも、彼の要望に応《こた》えたいという欲求がある。

愛理は、ベッドに膝をつき、軽く腰を浮かせてみた。

僅《わず》かに腰を浮かせただけで、いきり立つ彼のものが内側を擦る。

想像以上の刺激に、愛理が動きを止めて腰をわななかせていると、賢悠が愛理の腰を掴んで強く引き寄せた。

脊髄《せきずい》を甘美な電流に貫かれたような感覚に、愛理は喉を反《そ》らして喘《あえ》ぐ。

「はぁぁ……あぁ…………ぁツぁ……ふぁぁぁぁっ」

「ほら、もっと」

喘《あえ》ぐ愛理の腰を、賢悠が撫でる。

欲情に掠れた声や、優しい彼の手の感触、彼に与えられる刺激の全てが、愛理を魅了し溺《おぼ》れさせていく。

賢悠の手のひらに口付けをした愛理は、膝に力を入れ腰を浮かせた。

でも彼のものに擦られる感触が気持ちよすぎて、腰がすぐに沈んでしまう。

中にいる彼の感触が、いつも以上に艶《なま》めかしい。

「アッ」

引き締まった賢悠の腹部に手をつき、一心に腰を動かす。そんな愛理の腰を支えていた賢悠の手が、不意に胸の膨らみへ移動した。

揺れる胸を鷲掴《わしづか》みにされて、愛理は腰を捻《ひね》って身悶《みもだ》える。

ただ上下に腰を動かすだけの規則正しい運動に、不規則な動きが生まれた。それが気に入ったのか、賢悠は愛理の胸の膨らみをやわやわと揉みしだき、先端を指で摘まんでくる。

新たな刺激に身をくねらせながら、不器用に腰を揺らしていると、次第に脳に甘く霞《かすみ》がかかり、手に力が入らなくなっていく。

「あぁ……もう…………だっ……」

「限界？」

ビクビクと腰を痙攣《けいれん》させる愛理に、賢悠が問いかける。

押し寄せる甘い痺《しび》れにうまく言葉を紡《つむ》げなくなっている愛理は、賢悠の問いかけにコクコクと首を動かして答える。

愛理のその反応を見て、賢悠は愛理の腰に手を戻した。

そして上体を起こすと、脱力する愛理の体をベッドに押し倒す。そのまま彼女の脚を押し広げ、自分の昂《たかぶ》りを勢いよく愛理の膣へと押し込んだ。

「あぁぁふぁっ」

一気に奥まで届いた賢悠のものの感触に、愛理は脚をばたつかせる。

「愛理の中、いつも以上に俺に絡み付いてくる」

腰を深く沈めた賢悠が、熱い吐息を漏らす。

そうして、愛理の中を堪能するように腰を動かしていった。

深く浅く、一定のリズムで抽送《ちゅうそう》し、時折、深く突き入れ最奥《さいおう》を刺激する。

賢悠に揺さぶられていた愛理は、不意に自分の意識が高い場所に放り投げられたような浮遊感に、爪先をキュッと丸めた。そして次の瞬間、くたりと脱力してしまう。

そんな愛理にとどめを刺すように、賢悠は腰の動きを加速させ、「クッ」と、小さな唸《うな》り声を漏らして白濁した自分の熱を愛理の中に吐き出した。

被膜越しに彼の熱を感じ、愛理が腰をビクッと震わせる。

賢悠が自身を抜き去る感覚にも、愛理の膣は切なく反応してしまう。

自分から彼が離れていく感触が切なくて、愛理が賢悠に手を伸ばす。

処理を済ませた賢悠は、愛理を強く抱きしめた。

「どうしようもないくらい、お前を愛してる。……だからもう、離してやれない」

愛理が自分の腕の中にいることを確かめるように、賢悠が腕の力を強くする。いつも強気な彼の声に、今日は脆《もろ》さが含まれているように感じた。

彼ほどの男性に、そこまで求められていることが、純粋に嬉しい。

その幸福を噛みしめるように、愛理も彼の背中に自分の腕を回した。

「うん。絶対離れない」

賢悠が愛理の目元に口付けをする。

「私、賢悠さんがいないと生きていけない」

そんな愛理の言葉に、賢悠が満足そうに「俺もだ」と微笑んだ。

「俺たちの関係は、運命なんだ。だから、なにがあっても離れられるわけがないんだよ」

「うん」

彼の口から、そんな言葉を聞く日が来るなんて、この二十年、考えたこともなかった。

賢悠の言葉をくすぐったく心の中で繰り返し、愛理は彼の胸に甘える。

愛理の背中に腕を回した賢悠が、リズムを取りながら優しくトントンと叩いてくる。

子供をあやすような優しいリズムが心地いい。頬を寄せる胸からは、同じリズムを刻む彼の鼓動が聞こえてくる。

その音に身を委《ゆだ》ねていると、息苦しいほどの愛おしさが込み上げてきた。彼の鼓動に自分の鼓動が共鳴していく。

彼の刻むリズムを聞きながら、愛理は思いを新たにする。

貴方と一緒に生きていく。

二人で最高の奇跡に辿《たど》り着くために、決して諦めたりしない。

そのために、自分一人で抱えきれない問題は彼と一緒に乗り越えていけばいいのだと、素直に思えた。そして愛理も、彼の抱える問題をそうできるようになればいいのだから。

8　奇跡を起こしに

その日、愛理は一人、鷺坂汽船の本社を訪れていた。

愛理がＮＦ運輸に転職してすぐ、鷺坂会長の突然の訪問を受けた。その際、会長に「なにかあったら、電話してくるといい」と言ってもらった。

その言葉を、どこまで本気にしていいかわからない。それでも今は、なり振り構わず、僅《わず》かな可能性にかけるしかない。

もちろん、忙しい会長に時間を割《さ》いてもらう以上、こちらもそれなりの話をする必要がある。

受付で名前を告げると、受付まで下りてきた秘書らしき中年女性にうやうやしく迎えられ、会長室まで案内された。

「やあ、まさか本当に訪ねて来るとは思わなかったよ」

会長室に入る早々軽い先制攻撃に、愛理はウッと身を引く。でもここまで来て、逃げ帰るわけにはいかないので、深く頭を下げて背筋を伸ばす。

「若輩の私が、会長とお話しする機会を与えていただけるのですから、非常識と思われてもチャンスを逃す気はありません」

愛理の言葉にふむと頷いた会長は、執務用のデスクから立ち上がり、応接用のソファーへと移動する。

杖をつき、ゆったりとした動きで移動する会長を秘書らしき女性が介助しようとするが、会長はそれを断りお茶の準備を命じた。

そしてソファーに腰を下ろすと、愛理にもその向かいに腰掛けるよう勧める。

愛理がソファーに腰掛けるのを待って、秘書らしき女性は黙礼して部屋を出ていく。

「ウチの孫娘が迷惑をかけているようだね」

部屋に二人きりになると、会長がそう切り出した。

その言葉に愛理が何も言わずに困り顔を見せると、会長が頷く。

「あんなのでも、鷺坂家の人間。見る者によっては、鷺坂の威光を感じるようだ」

そうして会長が目を細める。目尻の皺《しわ》がより強調された顔は、慈愛に満ちているようにも、老獪《ろうかい》な商売人にも見えた。

――どちらだとしても、私は可能性にかけるだけ。

会長が善人であれ悪人であれ、ＮＦ運輸と鷺坂汽船に絶対的な差がある以上、こちらにできることは限られている。今の愛理は、自分が正しいと思う方に進むことしかできない。

持って来た鞄に視線を向ける愛理に、鷺坂会長が言葉をかける。

「あの娘を黙らせる方法を教えてやろうか？」

「……？」

その言葉に思わず反応してしまうと、会長が一見善人そうに見える笑みを浮かべて言う。

「権力を持つ者と戦うには、その上をいく権力者の庇護《ひご》を受けるのが一番だよ」

つまり、会長に助けを求めれば、助けてくれるということだろうか。

しかし愛理は、それは違うと首を横に振る。

「会長は、公私混同されない方だと聞いております。だから私も、この場所にプライベートな感情を持ち込む気はありません」

ここで会長に泣きついて鷺坂の件を解決できたら、とても楽かもしれない。だけど、それでは権力を笠に着て傍若無人《ぼうじゃくぶじん》に振る舞う彼女と同じになってしまう気がする。

はっきり拒絶の意を表す愛理に、鷺坂会長は微かに首をかしげた。

「じゃあ君は、なんの用があってここに来た？」

どこか人間臭さを感じる会長の表情に少しだけ緊張が解れた。愛理は鞄に手を伸ばして言う。

「もちろん、仕事のお話をしに伺《うかが》いました」

そう口にしたことで、徐々に肝が据わっていく。

こちらを見る鷺坂会長の目にも、さっきまでとは違う光を感じる。

「ほう？」

「弊社が新たに立ち上げる次世代のビジネスに、是非ご参加いただければと思いまして」

愛理はそう切り出し、鞄の中から資料を取り出した。

そのタイミングでお茶が運ばれてきたので、会話が中断されたが、資料の表面に記入されている文字を目で追う会長が、面白いものを見つけたように目を細めて口角を上げた。

そして、配膳を済ませた女性が下がろうとするのを引き留め、自分のこの後のスケジュールを確認し、それをずらすように指示した。

「では、話を聞こうか」

女性が退室すると、鷺坂会長が愛理に先を促《うなが》す。

彼に向けられる眼差しの鋭さに緊張しつつ、愛理は資料を一部会長に渡して話し始めた。

「会長は、タクシーの配車アプリの存在をご存じでしょうか？」

その言葉に会長が首を横に振るので、愛理はタクシーの配車アプリのシステムの説明から始める。

相手が相手だけに、こちらから業務提携を持ち掛けるという行為に、逃げ出したいほどの緊張を覚えるが、ここで逃げ出すわけにはいかない。

——どうか奇跡に繋げられますように……

どんな嫌な出来事が綴《つづ》られていても、途中で投げ出して本を閉じてしまわないこと。

父の教えてくれた奇跡を体験する秘訣を信じて、前に進む勇気を捨てたくない。

愛理は自分を鼓舞《こぶ》しながら、新規事業の構想について話していく。

「……ふうぬ」

資料を確認しつつ愛理の話に耳を傾けていた会長は、話を聞き終えると深く唸《うな》った。そして「時代はどんどん変わっていくな」と、苦笑いを浮かべる。

「いかがでしょうか？」

最初は愛理の些細《ささい》な思いつきだった発想を、父が拾い上げ、賢悠や東条の助けを借りて新規事業にまで纏《まと》め上げたものだ。

じっと資料に視線を落とす会長は、顎《あご》を摩《さす》りしばし黙考してから、口を開いた。

「少し、時間をもらおうか」

愛理としても、すぐに決断してもらえるような簡単な話でないことは承知している。この場で断られなかっただけでも及第だ。

はやる自分の心を抑えつつ、愛理は承知したと頷く。

「確か御社は、近々創業三十周年のパーティーを開くな？」

「はい。来月の初めに」

「では、その日に返事をさせてもらうとしよう」

招待状は随分前に送ってあり、確か鷺坂汽船からは会長の孫であり、鷺坂紫織の兄にあたる昌弘《まさひろ》が出席すると返事を受けている。

「どうかしたか？　まさか返事が遅いからお断りなんてことはないだろうな」

そんなはずがないと言外に表す会長は、この世界における自分の揺るぎない地位を承知している顔だ。

「もちろんです。ご検討をどうぞよろしくお願いいたします」

奇しくもパーティーの日は、鷺坂紫織が愛理に告げた期日だ。

なにか運命的なものを感じながら、愛理は会長のパーティー出席を歓迎するのだった。

◇　◇　◇

九月最初の週末、ＮＦ運輸の三十周年記念パーティー当日だ。

朝から会場となるホテルへ行き、今日の進行の最終確認をしていた愛理は、そっと歩み寄る人の気配に動きを止めた。

そちらへと視線を向けると、いつものビジネススーツに比べ、若干華やかさを感じるデザインのスーツを着こなした東条の姿がある。

「椿原様がお見えになりました」

愛理の肘に手を添え、そっと耳打ちしてくる東条に、愛理は無言で頷く。

頷く際、自然と視界に入った東条の腕時計は、パーティー開始時刻の三十分前を示していた。そのため既に会場の所々で、早めに到着した出席者が数人ごとに輪を作り談笑を始めている。

鷺坂紫織による圧力もあり、今日の参加具合を心配したが、その心配は杞憂《きゆう》に終わりそうだ。

色々あっても、ＮＦ運輸のこれまでを祝ってくれる人が多くいることを実感させられた。

会場の様子を見て一瞬だけ心を和《なご》ませた愛理は、現場のスタッフに後を任せて東条と歩き出した。

「人目を避けるため、移動に階段を使用してもいいですか？」

愛理を誘導するため前を歩く東条が、チラリとこちらに視線を向けて確認する。

その確認は今日の愛理が、パーティー出席のため華やかなドレスを身に纏《まと》い、いつになくヒールの高いパンプスを履いているからだ。

賢悠の配慮で、他のパーティー参加者に今日の密談を悟られないよう、パーティー会場の上階にあるラウンジを用意した。

問題ないと愛理が頷くと、東条は人気《ひとけ》がない方へと足を向ける。

防火扉を潜《くぐ》り、従業員が使用することを主たる目的としている階段に差し掛かると、東条が足を止めて愛理の後ろに回る。

愛理に前を歩かせることで、慣れないパンプスを履く彼女が万が一バランスを崩した際に備えるつもりらしい。

「無事にこの日を迎えることができましたね」

愛理に一足遅れて階段を上る東条が、しみじみとした口調で言う。

「東条さんのおかげです」

愛理の感謝の言葉に東条は「私はなにも」と謙遜《けんそん》するが、彼が今日この日のためにどれだけ奔走《ほんそう》してくれたか承知している。

彼にはいくら感謝してもし切れない。

だから彼の気持ちに、真摯《しんし》な思いをきちんと返したい。

「東条さん、この間の話ですけど……」

愛理は、踊り場で立ち止まったタイミングで東条を振り返る。

愛理の二段下にいることで、彼の視線がいつになく近い。

東条の突然の告白を受けた日から今日まで、お互い様々な業務で忙しく、仕事以外の話をするタイミングがなかった。

自分の立場をわきまえる彼が愛理に告白をするということは、愛理が思う以上に勇気を必要としたはずだ。

それでも思いを告げてくれたのだから、愛理もうやむやにすることなくきちんとした言葉で返したい。

深く息を吐き気持ちを整えた愛理は、東条の目を真っ直ぐに見つめる。

「私、ずっと東条さんに助けられていました。一人っ子の私は、学生時代からずっと、東条さんを年の離れた兄のように慕《した》っていました。でも……」

同じく年の離れた賢悠を、これまで兄のようだと思ったことは一度もない。

「私は、お嬢様にとって良き兄でしょうか？」

「……」

そのまま頷いていいものかと悩む愛理に、東条が軽く首をかしげて微笑む。

「お嬢様の幸せと、会社の将来に比べたら、私の幸せなんて取るに足らない問題です」

東条は、愛理の手に自分の手を重ねる。色素の薄い彼の眼差しは、晴れやかでもあり、寂しそうでもある。

そんなことはないと言ってあげたいが、愛理には彼に幸せを与えてあげることができない。

「ごめんなさい」

ずっと支えてくれた彼に、自分はそんな言葉しか返せない。

そのことを申し訳なく思う。けれど、この先も自分の気持ちが賢悠以外の人に傾くことはないだろう。

「そんな顔をしないでください。どんな形であっても、私はいつもお嬢様の味方でいます」

涙を堪《こら》える愛理に、東条は「今日はＮＦ運輸の三十周年であると共に、新しい歴史が始まる日です。こんなところで立ち止まっている暇はありませんよ」と言い、重ねていた手を離した。

そして思い出したように、愛理に告げる。

「そういえば、保険会社と弁護士より、訴訟の件で椿原様より提供いただいた情報が役立ちそうだとの連絡がありました。例の絵画が過去国内で展示された際の高解像度写真に、分析プログラムによるカーブレット変換をかけたところ、その時点で既に損傷箇所に修復が施《ほどこ》されていたことが証明されたそうです」

「よかった！」

賢悠の話によれば、そのカーブレット変換という手法を利用すれば、普段は脳が平面として捉《とら》えている絵画を立体的に分析することができ、画家のタッチや絵筆の癖を数値化して比較できるのだという。

その結果、公《おおやけ》には記録されていない、損傷と修復が証明された。

記録を残さず修復できるということは、美術館関係者が荷担しているのは確かだ。そして事実をねじ曲げられるだけの権力の持ち主が、この絵の損傷をなかったことにしたのだろう。

先方は政治情勢が複雑な国家で、事実を隠蔽《いんぺい》することは容易だったのかもしれないが、それは国内に限ってのこと。

問題となった絵は、日本を皮切りに数ヶ国の美術館を回ることになっていた。

おそらくそのどこかで、必ず隠蔽《いんぺい》は明るみに出てしまうはず。

そこで先方は自国の鑑定士や学芸員を巻き込み、搬出先の国に責任を押し付けることを考えたのだろう。うまくいけば、事実の隠蔽《いんぺい》と共に、保険料まで搾《しぼ》り取ることができるというわけだ。

ここまでくると、一企業の訴訟レベルの問題ではなく、国家間の話し合いになるそうだ。

「館内は写真撮影禁止のはずなのに、よく写真が入手できましたね。しかもその写真をデジタル処理してスーパーコンピューターで解析……知識とコネクションの両方がなければ実現しなかった方法です」

「賢悠さんの話だと、賄賂《わいろ》次第で色々な融通《ゆうずう》の利く国だから、美術館を訪れた観光客の中にも警備員に賄賂《わいろ》を握らせて禁止されている写真撮影をした人がいるはずだと考えたそうです」

件《くだん》の国は入国審査が厳しく、いわゆるパッケージツアーを組まれることがないので、観光客も限られている。そこで富裕層にターゲットを絞っている旅行代理店を経営している友人のツテを頼り、情報収集をしてくれたのだ。

そして、人脈を駆使して、手に入れた写真を複雑な情報解析にかけて、この証拠を導き出してくれたのだった。

「凡庸《ぼんよう》な私では導き出せなかった解決方法です」

東条が悔しげに呟き、しょうがないと肩をすくめた。そして階段を上り、愛理と同じ踊り場に立つと、不満げな様子で言葉を付け足す。

「それだけの実力があるのなら、もっと早く行動を起こせばよかったんです」

「あの人は、優しいんです。自分が行動を起こすことで、傷付く人のことを考えて、躊躇《ためら》っていたんです」

思わず彼を庇《かば》う愛理の言葉に、東条はため息を漏らす。

「優しいのはお嬢様です。そんなことでは、彼がつけ上がりますよ」

そしてその視線を愛理の背後へ静かに向ける。

「……？」

東条の視線を追って愛理が振り向くと、そこに賢悠の姿があった。

「迎えに来たよ」

ゆっくり階段を下りてくる賢悠が、踊り場の一つ上の段で立ち止まり、愛理に手を差し伸べる。

「つけ上がったりしないさ。それに俺の優しさは、全てお前に捧げるためにあるんだよ」

賢悠は愛理の手を握り、その甲に口付けをした。

パーティーの招待客である彼は、光沢《こうたく》のあるカクテルスーツを上品に着こなしていた。髪形も癖のない直毛を軽く撫でつけているいつもとは違い、毛先を軽く遊ばせている。そんな彼は、参加者の平均年齢が高い今日のパーティーで存在感を示すことだろう。

「綺麗だ。これ以上魅力的になられると、他の男が放っておかないだろうな。そんなお前に最初に出会えた俺は、本当にラッキーだった」

「……っ」

それは賢悠にこそ当てはまる言葉なのに。

臆面もなく褒《ほ》めてくる賢悠に赤面し、思わず東条を見ると、彼がそれでいいのだと言うように頷いて微笑んでくれた。

「我が社が誇る、未来の指導者ですから」

東条が愛理の背中を軽く押して誇らしげに言う。

背中を押されたことで賢悠に体を寄せる姿勢になった愛理が東条を見る。東条は軽く肩をすくめて言った。

「NF運輸の後継者と、椿メディカルの社長。十分に釣り合いの取れる関係だと思いますよ」

「それはまだ……」

初めはそのフリをすることで、父の体調が整うまでの時間稼ぎをするだけのつもりでいた。でもいつの間にか、それは愛理の本気の目標になっていた。

父の浩樹も愛理のその思いを汲《く》み、今日のパーティーで正式な後継者として紹介する予定でいるが、周囲にはそれを不安視する意見も多い。

自信のなさそうな表情を見せる愛理の手を、賢悠が引く。

視線を上げると、賢悠が自信たっぷりな顔でウインクしてみせる。

「お前なら大丈夫さ」

だから先に進もうと、賢悠が愛理の手を引き階段を上らせる。

ぼんやりしていると、彼はどんどん先に進んで行ってしまう。

一足先に階段を上り始める賢悠を追いかけるべく足下を確認見れば、大人びたドレスに合わせた、慣れないハイヒールのパンプスが見える。

背伸びをしたパンプスを履く生活は確かに緊張するし、後継者となる不安もある。でもそれ以上に、新しい世界に飛び込む高揚感があった。

なにより、最高のハッピーエンドに辿《たど》り着くためには、ここで立ち止まるわけにはいかないのだ。

愛理は覚悟を決めて、彼と階段を上っていくのだった。


賢悠とラウンジに向かっていると、先を行く彼が立ち止まり、繋いでいた手を離す。

彼の肩越しに前方を確認すると、こちらへ向かってくる鷺坂紫織の姿が見えた。

「副社長、捜しました」

彼女には、相変わらず周囲を威圧するような雰囲気がある。

「君を今日のパーティーに同伴したつもりはないが」

冷めた口調で言う賢悠が、愛理の姿を隠すように体の位置を移動させた。

だが、愛理は彼の陰に隠れてやり過ごすつもりはない。

彼の背から出て、賢悠のかたわらに並んで立つ。その姿に、鷺坂が表情を険しくした。

「私がどこに行くか、誰の指図も受けないわ」

そう言い放った鷺坂が、愛理を睨《にら》んでくる。

「それが、貴女の出した答えかしら？」

「私と彼女の答えだ」

愛理の腰に手を回し、賢悠がそう告げると、鷺坂が怒りを押し殺すように息を吐く。

「副社長が、そこまで愚かな人だとは思っていませんでした」

「この二十年、この決断を間違っていると思ったことはない」

凄《すご》む鷺坂に臆することなく、賢悠が断言する。

「その選択を、後悔すればいいわ」

そんな捨て台詞《ぜりふ》を残して踵《きびす》を返そうとする鷺坂に、賢悠が続ける。

「それと本日付で、君を秘書から解任する」

賢悠の言葉に、鷺坂が弾かれたように振り返った。

「どういうつもり？」

驚きを隠さない鷺坂に、賢悠が当然だとばかりに言う。

「家名を振りかざした勝手な振る舞いで社内の風紀を乱し、職務規定違反は数知れず。挙句、アクセス権のない社内機密にアクセスするため他の社員を買収しておいて、許されるとでも？　自分の思いどおりにいかなければ、椿メディカルを脅すつもりでいたか？」

その言葉に鷺坂が顎《あご》を高く持ち上げて笑う。

「この私をクビにして、ただで済むと思っている？　それともこれは、私を交渉の席に着かせるための脅しかしら」

一度は驚きを見せた鷺坂だが、すぐに持ち前の傲慢《ごうまん》さを取り戻して賢悠を睨《にら》んだ。そんな鷺坂のペースに呑まれることなく、賢悠が静かな口調で言い返す。

「初めから君と取引をする気はない。私が望んでいるのは、椿メディカルの膿《うみ》を出し、健全な会社運営をすることだ」

「ハッ、愚かね。そんなことをして、社長や、鷺坂の家が黙っていると思っているのかしら？」

自分の家の絶対的な権力を笠に着てそう嘯《うそぶ》く鷺坂に、賢悠が口角を微かに持ち上げた。

「君を訴えないことで、鷺坂家への礼儀は果たしたつもりだ。あと、今日をもって、椿原昭吾も社長を退任する。それに伴い椿原家の当主も私に譲られることとなった」

「な……ッ」

初めて耳にする情報に、鷺坂は驚愕《きょうがく》の色を浮かべる。

愛理と東条は、事前にその話を聞かされていた。賢悠は、鷺坂の問題行動の数々を揃えて社長の座を自分に譲るか、賢悠が椿メディカルを辞職するかの二択を昭吾に迫ったのだ。

しかも、賢悠が辞職する際は、椿メディカルの立て直しに貢献した優秀なスタッフのほとんど引き抜き、新たに別会社を立ち上げるつもりだと聞かされれば、実質的な会社運営を賢悠に任せていた昭吾の選ぶ道は一つしかなかった。

結果、全ての権限を賢悠に委譲し、相談役というなんの権限もない名誉職に収まり、体裁を保つことで納得したのだという。

「紫織、お前の負けだ」

ギリギリと奥歯を噛みしめていた鷺坂は、背後から聞こえてきた声に表情を変えた。

背後に立つ男性の姿に、戸惑いの声を上げる。

「お兄様、どうしてここに？」

「商談のためだ」

鷺坂紫織の兄であり、鷺坂汽船の社長である鷺坂昌弘が、ひどく冷めた声で返した。

「商談……？」

その言葉に鷺坂は賢悠を見たが、昌弘の目は、賢悠ではなく愛理を捉《とら》えている。

「ＮＦ運輸さんから、有用なビジネスの提案を受けた」

その言葉を聞いた愛理は、鷺坂汽船が先日の申し出を受けてくれたことを察し、ホッと安堵の息を漏らした。

「その子がなにをしたって言うのよ」

苛立った声を上げる鷺坂に、昌弘がやれやれと首を横に振る。

「ＮＦ運輸さんから、ドライバーの非稼働時間の活用に関する面白い提案を受けた。ウチとしては、新たな組合を立ち上げ業務提携を結ぶつもりだ」

どうせ言っても理解できないだろうが、と面倒くさそうにため息を漏らしつつ、昌弘は妹へＮＦ運輸の提案したビジネスプランについてかいつまんで説明する。

それは個々の企業で契約しているドライバーをネットワークで繋ぎ、無駄な空《あ》き時間を有効活用しようという試みだ。

簡単に言えば、タクシーの配車アプリのように、ドライバーの情報をデジタル管理して、依頼条件と合うドライバーをマッチングさせることで、従来の荷物を管理して目的地へ振り分ける中継地点を省《はぶ》くことができ、コストと時間を削減できる。

「そんなことしなくても、自分の会社のドライバーをうまく使えばいいだけでしょ。ウチは鷺坂汽船なのよ」

ヒステリックな声を上げる鷺坂を、昌弘は鼻で笑う。

どれだけの大手企業でも、日本全域、全ての物流をカバーすることはできないし、個々の企業の得意分野も違ってくる。全ての地域で手の空《あ》いているドライバーを確保しようとすれば、当然今以上にコストもかかる。

それをカバーするために、タクシーの配車アプリのような、各企業の横の繋がりを持たせるのだ。

日本の運輸業界は他国に比べ運輸業者の遊休資産の有効活用に出遅れている面がある。それでも徐々に新興企業が参入し始めているので、古参の企業が個々の利益にのみこだわっていては流れに乗り遅れてしまう。

そうなる前に、自分たちの生き残るための方法を考えておくべきだ。

「だからお前は駄目なんだ」

蔑《さげす》みを隠さない兄の声に、鷺坂が唇を噛む。

そしてその苛立ちを、愛理に向けてくる。

「もう一度聞くわ。それが貴女の答えってことでいいのね」

意味深に囁《ささや》く彼女に、昌弘が釘を刺す。

「彼女は我が社の大事な取引相手だ。それを承知の上での言葉か？」

その言葉にハッと息を呑む鷺坂に、煩《わずら》わしげな息を吐き昌弘が続ける。

「もとより私も会長も、とうにお前を見限っている。せめて、嫁入りという形で鷺坂の外に居場所を作ってやろうと思った会長の恩情を、自ら台無しにした上に、恥の上塗りをするつもりか？」

「私は、鷺坂家の者として……」

血の気が引き蒼白になりながらもなにか言おうとする鷺坂に、昌弘が冷たく告げる。

「お前はもう、鷺坂の者ではない。これ以上会長を怒らせる前に、立ち去った方がいい。誤解しているようだから教えておくが、今まで会長がお前の傲慢《ごうまん》な振る舞いを放っておいたのは、愛情ではなく、関心を払うだけの価値をお前に感じていなかっただけだ」

家族の情を微塵《みじん》も感じさせない冷めた昌弘の声に、鷺坂の体が揺れた。昌弘は、妹のそんな姿を冷たく見下ろし言い放つ。

「今後、鷺坂の名でこれまでのような生き方が許されると思うなよ」

その場に崩れ落ちてしまうのではと思うほど体を震わせた鷺坂だが、グッと踏みとどまり愛理を睨《にら》む。

だけどその眼差しに、さっきまでのような力はない。

「では中へ。会長と二藤社長が、貴女の到着を待っているよ」

昌弘が体を横に向け、愛理をラウンジの中へ誘《いざな》う。

色々な思いが胸に湧き上がり、すぐには身動きが取れずにいた愛理を賢悠が促《うなが》した。

賢悠に腰を抱かれたまま愛理がラウンジへ進むと、その後に東条も続く。

その背後で、自己主張するようにヒールが床を叩く音が響き、遠ざかっていくが、誰もそちらに視線を向けることはなかった。


ラウンジの奥へ向かうと、ソファーで寛《くつろ》ぐ父と鷺坂会長の姿があった。

愛理たちの存在に気付くと、会長が目を細め、手にしていたグラスを軽く掲《かか》げる。

「NF運輸さんの新時代の幕開けを祝おうじゃないか。若者ゆえの柔軟な発想には、感心させられたよ」

手放しで愛理を褒《ほ》める会長は、向かいに座る浩樹に視線を向ける。

「三十年前、運輸業界に殴り込みをかけてきた君のお父上を思い出すよ」

その言葉に、浩樹が申し訳ないと頭を掻く。

「夢ばかり見て、勢いで突き進んでいましたから。……若い頃は、会長に助けられました」

苦笑いする浩樹に、鷺坂会長も目尻に皺《しわ》を寄せて笑う。

そのやり取りで、二人の間には、愛理の知らない歴史があるのだとわかる。

「伝統は信頼に値するが、停滞は腐敗を招く。時折、新しい風を招き入れることが組織を衰退させないために必要と知っているから手助けしてやったに過ぎない。それに、どれだけ力を貸してやっても、駄目な奴は駄目だ。ここまで生き残れたのなら、それは二藤さんの実力だろう」

そこで一度言葉を切った会長は、愛理に視線を向ける。

「持論として、財を成した者は、次代の芽を育てるのも務めだと思っているが、その責務も果たしたようだな」

愛理へと視線を向ける浩樹は、会長の言葉に誇らしげに微笑んだ。

「頑張ったな」

愛理と賢悠を見つめて、浩樹が言う。

ホッと息を吐く愛理だが、すぐに軽く首を横に振り、隣に立つ賢悠を見やる。

「まだまだこれからです」

彼女のその言葉に、賢悠は強気な笑みを浮かべて頷いた。

「そうだな。これから始まるんだ」

愛理は、新しい物語を読み始める時のような高揚が、全身を包むのを感じる。

これからもっと、彼と一緒に新しい世界を見ていきたい。

そんなわくわくした思いを抱き、愛理も彼に微笑み返す。

「はい。これからが始まりです」

力強く宣言する愛理に、「ではそのための祝杯を挙げよう」と、会長が着席を促《うなが》す。そうして、愛理は賢悠と共に新たな一歩を歩き出したのだった。

エピローグ　最高のハッピーエンドに

自宅に戻り、洗面所に入った愛理は、鏡に映る自分の顔を確認した。

さっきまでは落ち着いた女性に見えていた顔が、化粧を落とした途端、いつもの子供っぽい自分に戻っている。

なんだか魔法が解けてしまったような気分だ。

それでも両手で耳を覆《おお》うと、さっきまでの歓声が耳の奥に蘇《よみがえ》ってくる。

ＮＦ運輸の三十周年パーティーで、オセロの駒が裏返るように状況は一変した。

大きな裁判を抱えて、社長の健康不安が囁《ささや》かれており、現れた後継者は頼りない。このまま徐々に衰退していくだろうと噂されていたＮＦ運輸だったが、パーティーに鷺坂汽船の社長だけでなく、最近は公《おおやけ》の場に姿を見せることの減っていた鷺坂会長まで出席し、今後の業務提携を匂わせたのだから周囲の見る目が一変するのも当然だろう。

しかもその業務提携の立役者は、これまで皆が無能と決めつけていた愛理なのだ。

さらには、膠着《こうちゃく》状態だった裁判にも勝利の糸口が見えたとわかれば、ＮＦ運輸への評価は大きく変わる。

抱えていた問題の全てが、たった一日で解決するなんて、今でも夢を見ているような気分だ。

――でも、これは夢じゃない。

賢悠や東条、父のこれまでの努力が繋いだ奇跡なのだ。

助けてくれた人たちに感謝すると共に、この奇跡の一片に荷担できた自分が誇らしい。

感嘆の息を漏らして鏡を見つめていると、コツンッ……と、乾いた音と共に、半開きにしていた扉から賢悠が顔を覗《のぞ》かせた。

「愛理」

その様子を鏡越しに眺めていると、賢悠が洗面所に入ってきた。

賢悠は、シャツを脱ぎ上半身裸となっている。

「洗面、使います？」

振り向いた愛理の視線は、引き締まった彼の上半身へと引き寄せられてしまう。

今さらとは思いつつ、愛理がタオルで顔を拭くと、近寄ってきた賢悠にそれを取り上げられてしまった。

「ドレスを着たまま顔を洗ってるのか？」

取り上げたタオルで、まだ頬に残る水滴を拭きながら賢悠が聞く。

「興奮が収まらなくって」

まずは顔を洗って、気持ちを落ち着けようと思ったのだ。

愛理の返事に、賢悠が緩く笑う。

「俺もまだ興奮している。一夜にして、ＮＦ運輸は蘇《よみがえ》り、君はＮＦ運輸の後継者として世間に認められた。許嫁《いいなずけ》として誇らしいよ」

賢悠は愛理の頬に口付けをして、洗面台にタオルを置く。そのついでにもう一方の手を洗面台につき愛理を腕の中に閉じ込めた。

そうやって逃げられないようにしてから、賢悠は愛理の目を真っ直ぐに見つめて聞く。

「これで、俺たちの仲を裂こうとする人間はいなくなった。最高のハッピーエンドのはずなのに、俺のお姫様はなにがご不満なんだ？」

優しい声で囁《ささや》き、賢悠は愛理の唇を甘噛みした。

「……ッ」

不意打ちの痛みに愛理が顎《あご》を引くと、愛理の額《ひたい》に賢悠が自分の額《ひたい》をくっつける。

愛理の視線に自分の視線を重ねて、優しく諭《さと》すように言った。

「愛理の唇は、いつも正直だ」

「……」

チュッと唇を吸うような口付けを受けても愛理が黙っていると、賢悠はまた愛理の唇に自分の唇を優しく重ねて「ちゃんと聞かせて」と囁《ささや》く。

それを数回繰り返され、愛理が観念したように口を開いた。

「ＮＦ運輸の仕事、このまま続けてもいいですか？　そんな私が奥さんで、賢悠さんの迷惑になりませんか？」

賢悠が正式な椿原の当主となれば、その許嫁《いいなずけ》である愛理に求められる役割も増えてくる。

しかし、ＮＦ運輸の後継者になると決めた以上、仕事もおろそかにできない。

自分の存在が、賢悠や椿原家の名を汚すことになるのではないかと不安になったのだ。

そんな愛理の言葉に、賢悠が苦笑する。

「ＮＦ運輸が新時代を迎えるのと同様に、椿原家も新しくしていく。そのためには、お前の助けが必要なんだよ」

そう話す賢悠は、愛理に口付けをして聞く。

「お前に出会えた奇跡に、俺がどれだけ感謝しているか、まだわからないのか？」

それはずっと、愛理が賢悠との出会いに対して感じていた思いだった。

「私も賢悠さんに出会えてよかったです」

諦めなくてよかった。これから先も、彼と一緒にいられてよかった。

愛理からも彼の背中に腕を回して甘えると、賢悠が優しく体を包み込む。互いに相手の鼓動や体温を感じて、甘くくすぐったい気持ちになる。

「シャワー浴びる？」

優しく愛理の体のラインを撫でながら賢悠が尋ねてきた。

上半身裸ということは、賢悠はそのつもりだったのだろう。

そう思って、愛理が「お先にどうぞ」と、洗面所を譲ろうとしたが、腕を解いてくれない。

「一緒に入ろうって、誘ってるんだよ」

愛理の髪に顔を寄せ、息を吹き込むように賢悠が囁《ささや》く。

彼の息の熱さを感じて、肌がぞわりと粟立《あわだ》った。

「今は一瞬でも愛理と離れたくない」

思わぬ誘いに戸惑ってしまうが、本音を言えば、愛理も彼の素肌に触れて体に燻《くすぶ》るものがある。

そんな愛理の本音を見透かしたように、誘惑してきた。

「脱ぐの手伝うよ」

そう言って、愛理を抱きしめるように背中に腕を回す。そうされると隙間なく体が密着して、裸の賢悠の胸に顔を寄せる形になる。

「あっ……」

触れる頬に彼の鼓動や温度を感じて、愛理の胸が高鳴る。

「愛理の胸、すごくドキドキしてる」

「だって……」

一緒に暮らし、もう何度も彼と肌を重ねているけれど、それでも好きな人に触れられる瞬間は、緊張してしまう。肌を密着させれば、加速する鼓動も彼に伝わってしまうのだろう。

愛理の緊張を楽しむように、賢悠は強く愛理を抱きしめ手を動かしていく。

背後に回された彼の手は、すぐにはドレスのファスナーを下ろさず、薄い生地《きじ》越しに愛理の背中を這《は》う。

彼の大きな手が、隆起する肩甲骨をくすぐり、腰のくびれのラインを撫でていく。

「賢悠さん、くすぐったいです」

肌をくすぐられる感覚に愛理が小さく身を捩《よじ》ると、賢悠がクスリと笑う。

「知ってる」

そう返す賢悠が、唇で愛理の首筋を甘く刺激した。

クチュリと粘着質な水音を立て肌を愛撫《あいぶ》されると、ムズムズとした熱が下腹部に生まれる。

「賢悠さん……」

湧き上がる熱を持て余し、愛理が彼を見上げて名前を呼ぶ。

すぐに賢悠の唇が愛理の唇に重なった。

上を向くことで無意識に薄く開いた唇の隙間から、賢悠の舌が入り込み、愛理の舌を求めて動く。

冷たい水を飲んだばかりなのか、口内に忍び込む彼の舌は冷たい。

「んん……ッ」

小さく愛理の肩が跳ねた。

それでも彼の求めに応じて、愛理からも舌を動かす。

そうしているうちに互いの呼吸が重なり、その感覚が愛理の鼓動をさらに速くして、頭がくらくらしてくる。

互いの舌を絡め合う淫《みだ》らな水音で、洗面所が淫靡《いんび》な熱に満たされていく。

その行為に愛理が溺《おぼ》れている隙に、賢悠の手がドレスの背中のファスナーを下ろした。

脊髄《せきずい》を撫でるようにして、背中の高い位置から腰の付け根まで続くファスナーを完全に下ろした賢悠は、大きな手を愛理の肩に滑らせドレスをストンと足下に落とした。

「愛してる」

甘く囁《ささや》きながら、賢悠がブラのホックを外す。ドレスのデザインに合わせて選んだ肩紐《ひも》のないブラは、それだけで愛理の肌を離れていく。

剥《む》き出しの愛理の肩を、男らしい賢悠の手が撫でた。

彼の指先が触れたところから、肌に燻《くすぶ》るような熱が生まれる。賢悠の指が離れても、愛理の肌には甘い熱が残って落ち着かない。

「私も、愛してます」

肌に残る熱に焦《じ》れた愛理は、彼の背中に腕を回して唇を求める。

彼女の求めに応じつつ、賢悠は前歯で柔らかな愛理の唇を噛んだ。

ピリッとした痛みに愛理が息を吐き、彼に抱きつく腕に力がこもる。そうすることで、愛理の柔らかな胸が、筋肉質な賢悠の胸に押し潰されて形を歪《ゆが》めた。

「一緒にシャワーを浴びよう」

甘く囁《ささや》く賢悠は、愛理の返事を待たずにズボンを脱ぎ、愛理の下着も脱がせてしまった。

愛理は賢悠の背中に回していた腕を首裏に移動させ、彼に言われるまま体を動かす。

そうやってお互いに一糸纏《まと》わぬ姿になり、もつれ合うようにバスルームへ移動した。

チラリと視線を向ければ、窓の外に蜜色の半月が浮かんでいる。

けれど賢悠は愛理にのんびり月を見る余裕を与えることなく、シャワーの下へ導きお湯を出す。

「キャッ！」

高い位置に設置されているシャワーヘッドから、一瞬、冷水が降り注《そそ》ぎ、愛理は小さな悲鳴を上げた。すぐに水は温かなお湯となり、愛理の肌を濡らしていく。

「愛理」

愛おしげに名前を呼ばれ、視線を上げると、濡れた賢悠と視線が重なった。

賢悠は左腕を愛理の腰に回し、濡れて頬に張り付く髪を右手で整えてくれる。

バスルームを満たしていく湯気の中、髪や顎《あご》のラインから水滴を滴《したた》らせる賢悠はいつも以上に色気があり、見ている愛理の胸を焦《こ》がす。

「賢悠さん……」

溢《あふ》れる愛おしさを込めて名前を呼ぶと、彼の唇が重なってくる。

重なる賢悠の唇が、声なく自分の名前を呼ぶ。愛理もまた、賢悠の名前を口にした。

シャワーで肌を濡らしながら互いの名前を囁《ささや》き合い、貪《むさぼ》るような口付けを交わす。愛理は、彼との愛に溺《おぼ》れていくような錯覚を覚えた。

「……ッん……っ……んっ」

散々唇を貪《むさぼ》り合ううちに、息苦しさを覚えた愛理は、それを伝えるべく賢悠の胸を軽く押す。すぐに、細い唾液の糸を作って彼の唇が離れていった。

息苦しくてしょうがなかったはずなのに、離れると寂しくなる。

「洗ってあげる」

愛理のその思いを知ってか知らずか、賢悠はそう囁《ささや》いてボディーソープを手に取り泡立てていく。

甘い蜜色のボディーソープからは、オレンジの焼き菓子のような甘い香りがする。

その泡を、賢悠は手のひらを使って愛理の体に広げていった。

「あ……やぁっ……くすぐったい……ふぁ………ッ」

背中に賢悠の逞《たくま》しい胸板を感じつつ、筋肉の筋が浮かぶ彼の腕が肌の上を這《は》う。その感覚に、肌の下にゾクゾクとした甘い疼《うず》きが湧き上がる。

泡を纏《まと》った指の動きは滑《なめ》らかで、愛理の乳房を掴んでもスルリと逃げていく。

いつもと違うその感触を楽しむように、指を食い込ませては逃げていく動きを数回繰り返した賢悠は、次に乳輪の形をなぞるみたいに指を動かし、胸の先端を摘まんで軽く引っ張った。

「あっ」

彼の手の動きに翻弄《ほんろう》され、腰が無意識に下がっていく。

すると自然と臀部《でんぶ》に彼の昂《たかぶ》りを感じて、その硬さと熱に下腹部にツキンとした痛みが走って、トロリとした蜜が股を濡らす。

「んっ」

その変化を察しているのか、賢悠の手が愛理の秘所に伸びていく。

泡を纏《まと》い、滑《なめ》らかに蠢《うごめ》く指が、花弁を割り広げ、膣口をくすぐる。優しく繊細《せんさい》な動きで敏感な場所を刺激されて、愛理は賢悠の腕にしがみついて前屈《まえかが》みになった。突き出した臀部《でんぶ》に、否応《いやおう》なく彼の昂《たかぶ》りを感じてしまう。

緊張で体を強張《こわば》らせる愛理を後ろから包み込むように、より体を密着させた賢悠は、愛理の耳元で囁《ささや》いた。

「愛理のここ、もうトロトロに濡れてる」

少し意地悪な賢悠の言葉に、羞恥心《しゅうちしん》で頬が熱くなる。

「だって……」

好きな人に触れられれば、体は自然と反応してしまうものなのだ。

でもそれを言葉で告げられると、やっぱり恥ずかしい。

「いやらしいね」

からかうように囁《ささや》き、賢悠は愛理の首筋に舌を滑らせる。そうしながら、指で愛理の陰唇を左右に広げ、そのまま指を沈めてきた。

「あぁぁっ」

賢悠からの刺激に、愛理は腰をビクビクと震わせる。

解れきっていない膣に、彼の長い指が押し入ってくる。その刺激は、まだ性交に慣れていない愛理を、一気に快感の高みへと押し上げた。

腰から力が抜けて、その場に崩れ落ちそうになる。

賢悠がもう一方の腕で腰を支えてくれるが、それにより彼の指攻めからも逃れることができない。

「あん……やぁあぁっ………そんなに深い場所……擦っちゃッ」

指を軽く曲げて媚肉をくすぐる感触に、愛理の腰が跳ねる。

さらに深い場所に賢悠の指が触れて、愛理は小さな悲鳴を上げて体をわななかせた。

「キャッ」

愛理の弱い場所を熟知している賢悠の指が、ピンポイントでそこを攻め立て、愛理の視界いっぱいに白い光が瞬《またた》く。

いよいよ腰に力が入らなくなった愛理は、もがくように備え付けの棚に手を伸ばし、指先が白くなるほど強くそこを掴んだ。

そんな愛理の膣をなおも指で攻めながら、賢悠は無防備な背中や首筋にキスの雨を降らす。

シャワーの水音と、賢悠の口付けの音、それに愛理の奥を探る淫靡《いんび》な水音が混じり合い、バスルームに艶《つや》めいた音が満ちていく。

「賢悠さん……ほんとに……もぉ……っ」

情愛に潤《うる》み、泣き声にも似た声で愛理が懇願《こんがん》すると、耳を甘噛みした賢悠が聞く。

「ここでこのまま入れられるのと、ベッドで入れられるの、どっちがいい？」

そう囁《ささや》く間も、賢悠の指が妖《あや》しく蠢《うごめ》く。

「ベッドで……」

このまま賢悠に貫かれることを想像して、無意識に肌が震えてしまうが、それと同時に、未知の経験に恐怖心が働く。

賢悠は「わかった」と返しつつ、その後に付け加えた。

「じゃあ二回目は、ベッドにするよ」

意地悪さを含んだ声でそう囁《ささや》いた賢悠は、愛理の体を解放することなく、蜜に濡れた愛理の脚の付け根に自分の屹立《きつりつ》を押し当てた。

「え……ッアッ……あッぁぁあっ」

戸惑う愛理の腰を掴み、賢悠はそのまま一気に蜜路に自分のものを沈めていく。

一度達し、蜜を滴《した》らせているとはいえ、その蜜がシャワーで洗い流されていくせいか、潤《うるお》いが足りない。そんな場所に賢悠のいきり立つものが沈み込んでくると、膣を強引に押し開かれるような感覚に襲われる。

「…………ッ」

鋭い摩擦感に、愛理の腰が震え、瞼《まぶた》の裏でチカチカ光が瞬《またた》く。

いつにない強引な挿入に、愛理の媚肉が喜び愛液を滴《した》らせる。

思いがけない自分の体の反応に驚く間もなく、愛理の腰をしっかりと掴んだ賢悠が、荒々しく腰を打ちつけてきた。

激しく突かれ、足に力が入らなくなる。それでも頭の別の部分では、もっと彼を感じていたいと願ってしまう。

自分の感情を持て余しつつ、愛理はどうにか足に力を入れ、必死に棚を掴む。

パンパンと腰を打ち付けられ、臀部《でんぶ》に彼の肌がぶつかるのを感じた。

シャワーの水音と共に、二人の奏《かな》でる淫靡《いんび》な水音がバスルームに響く。

「愛理、いつも以上に感じてるね」

囁《ささや》く賢悠は、腰を支える手の位置を微妙に移動させ、愛理の肉芽を弄《いじ》る。

「――っ！」

突然与えられた激しい刺激に、愛理は声にならない悲鳴を上げて、腰をガクガクと震わせて脱力してしまう。

今にもその場に崩れ落ちそうな愛理の腰を支え、賢悠はなおも腰を打ち付けていく。

「け……もう……っ」

愛理が切ない声で喘《あえ》ぐと、賢悠が「限界？」と尋ねてくる。

その問いに愛理が頭をカクカクと動かし答えると、賢悠は残念そうに息を吐き、腰の動きを加速させた。

次の瞬間、「クゥッ」と短い息を吐いた賢悠のものが、どくんと大きく脈打った。

「あ……っ」

彼の熱が爆《は》ぜる感覚に愛理が腰を震わせると、賢悠のものが抜き去られ、それと共に、白濁した彼の体液が愛理のももを伝っていく。

その感覚にも、愛理の腰はぶるりと震えてしまう。

「愛している」

囁《ささや》く賢悠は、愛理の体をしっかり支え、シャワーで体を洗い流すと彼女を抱き上げた。

「きゃっ」

不意の浮遊感に驚き愛理が抱きつくと、賢悠はそっと体を揺らして彼女を抱く角度を微調整しバスルームを出た。

濡れた体のまま二人ベッドに潜《もぐ》り込み、そのまま腕や脚を絡めて口付けを交わしていく。

初めて肌を重ねた時のような緊張も、不安に駆り立てられて互いの愛を貪《むさぼ》るような荒々しさもなく、ただ純粋に互いを愛おしむだけに肌を重ねていく行為。

好きな人に触れられ、好きな人に触れる。

互いの温もりを共有して、互いを思う熱で体の芯が溶けていく。

二十年という時間をかけて、互いの愛情で蕩《とろ》けた心が、深く混じり合って一つの塊《かたまり》になっていく。

「これは最高のハッピーエンド？」

愛理の肌の上に指を這《は》わせる賢悠が、愛おしさを滲《にじ》ませた声で聞く。

彼の指の動きにくすぐったそうにしながら、愛理は首を横に振る。

「違います」

そう返す愛理に、賢悠が少しだけ意外そうな顔をした。

そんな彼の表情を見てクスクス笑う愛理は、自分から彼に口付けをしてから告げた。

「だって、これで終わりじゃないですから」

その言葉に、賢悠も頷く。

「確かに。俺たちはこれからまた何十年と一緒にいるんだ。物語がこれで終わりなんてつまらないからな」

もっと最高の奇跡を、この先何度でも体験していける。

もちろん、たくさんの試練も待っていることだろう。

でも大丈夫。

愛する人と二人、最高のハッピーエンドに辿《たど》り着くために、どんな苦難でも途中で投げ出すことなく乗り越えていけばいい。

それを誓うように、愛理は賢悠と唇を重ねた。

2021年冬
連載開始
予定!!
漫画 Carawey
原作 冬野まゆ
お願い、結婚してください
本領発揮の肉食イケメンから
逃れる術なし!?
大人気ラブストーリーが
小泉
オレと付き合わないか？
目どうかしたのか？
気遣っていただいたのにすみません
待望のコミカライズ!
ETERNITY WEBMANGA
エタニティWEB漫画!
無料で読み放題!
他にも人気漫画が多数連載中!!
今すぐアクセス!
エタニティ Web漫画
検索

結婚を約束した彼との幸せな未来を夢見る絵梨《えり》。ところが、ようやく迎えた婚約披露の日、彼の隣で笑っていたのは何故か自分の後輩だった！　絵梨はどん底まで突き落とされたが、思いがけない転機が訪れる。なんと、偶然知り合った謎のイケメン、雅翔《まさと》から、元カレたちへの“復讐”を提案されたのだ。戸惑う絵梨だったが、気付けば雅翔のペース。彼のおかげで本来の美しさを引き出された絵梨は周囲からも注目を集めるように。しかも雅翔は、会うたび恋人のように甘くて…

B6判　定価：704円（10％税込）　ISBN 978-4-434-28985-9

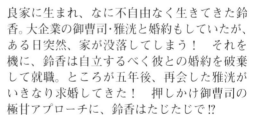

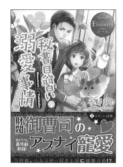

この作品に対する皆様のご意見・ご感想をお待ちしております。

おハガキ・お手紙は以下の宛先にお送りください。

【宛先】

〒150-6008 東京都渋谷区恵比寿4-20-3 恵比寿ｶﾞｰﾃﾞﾝﾌﾟﾚｲｽﾀﾜｰ 8F
（株）アルファポリス　書籍感想係

メールフォームでのご意見・ご感想は右のＱＲコードから、
あるいは以下のワードで検索をかけてください。

アルファポリス　書籍の感想　検索

ご感想はこちらから

完璧御曹司《かんぺきおんぞうし》はウブな許嫁《いいなずけ》を愛《あい》してやまない

冬野まゆ（とうの まゆ）

2021年10月25日初版発行

編集－本山由美・森 順子
編集長－倉持真理
発行者－梶本雄介
発行所－株式会社アルファポリス
〒150-6008 東京都渋谷区恵比寿4-20-3 恵比寿ｶﾞｰﾃﾞﾝﾌﾟﾚｲｽﾀﾜｰ8F
TEL 03-6277-1601（営業）　03-6277-1602（編集）
URL https://www.alphapolis.co.jp/
発売元－株式会社星雲社（共同出版社・流通責任出版社）
〒112-0005 東京都文京区水道1-3-30
TEL 03-3868-3275
装丁イラスト－南国ばなな
装丁デザイン－AFTERGLOW
（レーベルフォーマットデザイン—ansyyqdesign）
印刷－株式会社暁印刷

価格はカバーに表示されてあります。

落丁乱丁の場合はアルファポリスまでご連絡ください。

送料は小社負担でお取り替えします。


ISBN978-4-434-29490-7 C0093